INFERTILITÉ, ÉPROUVETTES
ET COMPAGNIE

Coëtquen Editions
BP 95008
35150 Janzé

© Coëtquen Editions. Tous droits réservés.
ISBN 978-2-84993-154-7
Dépôt légal : 4e trimestre 2011

Illustration de couverture : © Maksim Tselishchev - Fotolia.com

MARIE K.

INFERTILITÉ, ÉPROUVETTES ET COMPAGNIE

Le journal d'une infertile

Coëtquen Editions

Préambule

Ici, vous trouverez une petite communauté de soutien aux infertiles... Ou une société secrète d'éleveuses de follicules en batterie !

Vous pouvez vous installer en buvant un whisky (ou un verre de lait
au choix) et après lecture, en principe, vous vous sentirez moins seule
(et aussi un peu au bord de la crise de nerfs, c'est ça le 2e effet PMA).
Ici, vous trouverez mes aventures, mes inquiétudes (comment rester
zen ?), mes réflexions (et nos hommes dans tout ça ?) ou mes investigations (le jaune d'œuf aide-t-il vraiment à la fertilité ?). Le combat
continue !

Et puis il y a un avantage avec ce livre. Celui de faire comprendre
notre situation à notre entourage. En effet, comment expliquer que,
non, tout ne va pas bien et que l'infertilité est une épreuve. Mais que,
oui, nous sommes combatives, et que si nous souhaitons du soutien,
nous ne voulons absolument pas qu'on nous plaigne avec l'œil
humide...

« Quand tout est fichu, il y a encore l'espoir… »
Daniel Pennac

Une maison d'édition pour le blog

Zut, j'ai oublié de passer le dernier examen pour préparer la FIV de novembre. J'appelle en urgence le laboratoire pour programmer rapidement un prélèvement vaginal. Rien que le nom de l'examen peut rendre fou, je pense...

C'est donc une main sur le combiné du téléphone, et une ordonnance entre les dents, que j'ouvre ma boîte mail en attendant qu'on daigne répondre à mon appel.

Et là... Le Graal... La fraise sur la chantilly... Les menottes dans un moment câlin... Le cuir italien sur une paire de chaussures... Enfin bref, je reçois le mail d'une maison d'édition qui est intéressée par le blog !

Je sautille devant mon ordinateur. Ma mère (à qui j'ai envoyé un texto) me dit immédiatement de refuser toute clause d'exclusivité à l'international... (Tout va bien, elle garde les pieds sur terre !). J'envoie un SMS à Sidi pour lui demander de bien vouloir m'appeler Carrie Bradshaw à partir de cet instant. Il me répond qu'il ne sait pas de qui il s'agit. Je laisse tomber. Pas le temps de refaire son éducation...

Voilà ce qui est écrit sur mon petit PC :
Bonjour,

Votre blog a du potentiel pour devenir un livre. Je peux vous envoyer un projet de contrat à compte d'éditeur. Comme les gens peuvent lire le texte gratuitement sur votre blog, il faudrait que vous ajoutiez des chapitres inédits exclusivement pour le livre, voire réécrire, actualiser ou compléter les chapitres existants. Vous pouvez aussi publier certains des commentaires de vos lectrices...

Bonne soirée
Coëtquen Éditions

J'essaie de rester lucide. Déjà, rien n'est fait. Si ça se trouve, c'est une escroquerie...

Je tape donc le nom de la maison d'édition dans mon moteur de recherche. Elle existe ! C'est une petite maison d'édition bretonne.

C'est génial ! Juste l'idée qu'on puisse avoir une version papier du blog, je trouve ça excitant ! D'ailleurs, à force de sautiller partout, je commence à suffoquer. Je manque de tomber dans les pommes, mais trop tard, la secrétaire du cabinet médical est en ligne et je n'ai pas le temps pour une petite perte de connaissance. Je note d'une main moite le rendez-vous pour le grattage de foufoune (oui, l'édition me rend poétique !), avant de reprendre ma lecture du mail.

Tous ces points techniques dès les premiers échanges, c'est un peu déstabilisant... En raccrochant le téléphone, des dizaines de questions me viennent à l'esprit…

En tout cas, quelle aventure pour le blog rose bonbon et pour notre petite communauté ! Nous pourrons faire lire le livre à nos enfants pour les culpabiliser quand ils feront des bêtises ! Ou mieux, on pourrait le donner à certains médecins qui ne comprennent rien à ce qu'on ressent !

Et puis je me demande si m'investir dans un nouveau projet, comme un livre, ça ne peut pas améliorer ma fertilité. Une sorte de fécondité détournée...

2006... C'est parti pour la galère

Nous sommes en couple, Sidi et moi, 27 ans tous les deux. Nous vivons ensemble depuis deux ans. Une jolie rencontre et une jolie vie que nous nous préparons. Nous voyageons beaucoup. Mexique, Équateur, Thaïlande. Nous avons parfois l'impression que tout nous réussit. On se sent fort dans notre petit cocon. On s'amuse et la vie coule heureuse et sans difficulté. Nous ne prenons pas grand-chose au sérieux. On s'aime. Très vite, on se dit que repeupler le monde ce serait rendre un service à l'humanité (tant qu'à faire !), la famille serait contente, les grands-parents gagas, les copains (dont aucun n'est encore parent) nous prendront pour des précurseurs. On se voit bien avec un petit bébé gigotant dans notre studio de Montmartre...

La décision est prise. Fini le préservatif. Lâchez les voiles, larguez les amarres, nous voilà partis pour l'aventure !

Enfin, on ne pensait pas que l'aventure se transformerait en immense galère... Tout commence très vite en fait. En milieu d'année, après un choix délectable de toutes les positions amoureuses possibles, toujours pas le moindre bébé en vue. En juillet, toujours rien. Six mois et pas de liquette à l'horizon. Nous programmons donc notre première visite chez le gynécologue.

Une semaine après, nous sommes assis face à un vieux monsieur poli, mais à l'air patibulaire qui demande à Sidi de faire un test pour évaluer la sportivité de ses spermatozoïdes. Moi, j'ai droit à une hystérosalpingographie (oui je vous jure ça existe !). Je suis bien ronde et il en conclut que mon ovulation doit être de qualité médiocre. Prends-toi ça dans la tête ma fille ! Il me prescrit aussi une échographie et me demande de prendre ma température chaque jour de mon cycle pour évaluer la date d'ovulation. Tout cela a l'air contraignant, mais pas bien compliqué. Le docteur nous indique qu'à l'issue de tous les examens, si tout va bien, il me prescrira un médicament pour améliorer mon ovulation et que tout ira très bien et très vite. Nous sommes jeunes. Il ajoute que l'essentiel est surtout, mais alors surtout, de ne pas y penser... Admettons... J'inscris donc dans mon agenda spécial liste à ne pas oublier : « NE PAS Y PENSER ».

Le docteur semble tellement tranquille que nous ne sommes pas vraiment inquiets en rentrant à la maison. Par contre, déjà, les examens me laissent dubitative...

Un couple naïf au pays de la médecine

À ce niveau de notre histoire (et nous n'en sommes qu'à la première année), nous sommes encore un couple très naïf ! On s'amuse dans les salles d'attente – interminables – des médecins. On rigole le matin à 8 h en remplissant la courbe de température. On fait des blagues quand la mutuelle ne rembourse pas tous les examens et que nous devons commencer à diminuer la fréquence des restaurants... Je vous le dis, nous sommes encore très naïfs !

Le spermogramme
Le premier d'une liste inouïe de spermogrammes (quand je pense à tous ces pauvres petits soldats morts dans des boîtes en plastique !). C'est, du coup, l'examen le plus mémorable dans notre souvenir de combattants ! Il est 7 h 50 du matin. Nous devons faire les examens très tôt pour ne pas, en plus, risquer de perdre nos emplois et devenir chômeurs.

Une dame très désagréable et sentant l'ail vient chercher Sidi qui est confortablement assis sur un banc dur en bois jauni dans un laboratoire glauque de banlieue. Elle lui indique une petite porte, lui tend un flacon en plastique et me demande si je veux suivre mon mari...

Tout de suite, je sens bien que ce n'est pas le moment de faire remarquer que nous ne sommes pas mariés et que mai 68 est passé par là. Je lui explique juste que non, je n'irai pas aider mon amoureux à se tripoter à 7 h 50 du matin, alors que je n'ai pas encore bu mon premier café (et que j'ai la nausée rien qu'à m'imaginer lui criant *« aboutis mon chéri, j'ai mon premier rendez-vous de travail dans 45 minutes ! »* alors que j'ai une main libidineuse entre ses jambes et l'autre coincée contre la banquette gluante en cuir noir, unique meuble de la pièce).

Je vois donc mon chéri disparaître seul avec Dame Cruella. Là, j'avoue que je rigole un peu en l'imaginant (tous ces examens rendent sadique) et puis le temps passe... les minutes tournent... déjà 15 minutes et toujours pas de Sidi haletant et heureux du devoir accompli à l'horizon.

J'entends, au fond du couloir, une petite voix qui m'appelle et me sort de mes pensées. Je me retourne et j'aperçois la moitié de mon couple, coupée par la porte de la salle des tortures lubriques, me crier *« Marie, c'est horrible je n'y arrive pas »*.

Impossible de retenir mon fou rire ! Je revois encore son visage penaud et désolé. En m'entendant m'esclaffer, Sidi non plus ne peut se retenir, et nous sortons hilares du laboratoire. La moitié de la salle d'attente nous dévisage avec l'air grave et réprobateur tandis que Dame Cruella nous somme de nous contenir.

C'est donc ainsi, sans la moindre petite goutte de sperme, que s'est achevé notre premier examen.

Quelques jours après, la pratique et un *Playboy* aidant, nous avons appris que Sidi était fertile, un peu d'asteno-zoospermie (à vos souhaits !), mot barbare qui signifie que les combattants de mon chéri sont un peu flapis, mais suffisamment vaillants pour s'en sortir. Juste un peu d'aide et tout ira bien.

L'hystérosalpingographie ou le mensonge d'État

Je me revois demander à mon gynécologue : « *Mais cela consiste en quoi exactement, comme examen ?* » et lui de me répondre, la bouche en cœur, l'œil rond de confiance : « *Ce n'est rien du tout, comme une simple radio, allez hop hop levez vos fesses de mon fauteuil de cabinet, j'ai plein d'autres femmes à torturer après vous !* » (J'avoue que, peut-être, la fin de son discours n'était pas exactement celle-là, mais en substance c'est l'idée générale).

Moi, toujours naïve, je feins le cœur léger un rendez-vous professionnel pour être à 15 heures devant la porte de la clinique.

J'arrive les mains dans les poches, juste avais-je pris soin de bien me doucher avant, histoire d'être propre des cheveux au fin fond de mon intimité.

Mon inquiétude a commencé à monter quand l'infirmière m'a indiqué la salle pour me déshabiller en me demandant si j'avais pensé à prendre le liquide et les serviettes hygiéniques. Les serviettes ? Je ne comprends pas. Naïve je vous dis. Ma tension monte, mais je reste encore à peu près digne. Je me déshabille, me couche sur une table en skaï et je vois mon docteur ès torture se pencher vers moi avec une immense aiguille (tout à fait disproportionnée d'ailleurs ! Je me demande comment il a fait pour ne pas m'empaler vivante !). Là, bien sûr, je suis moins fière et un peu verte. L'infirmière s'approche de moi, me prend la main et me dit « *ça va faire un peu mal, restez tranquille et ne lâchez pas ma main* ». Je m'exécute immédiatement, et tandis que je lui broie la main en sanglotant, je ressens la pire douleur que je n'ai jamais supportée jusqu'alors (certes je suis peut-être un peu douillette, mais je crois que c'est l'alliance du stress, de la surprise et puis de tout, oui, c'est l'alliance de tout ! De la guerre en Irak, de la faim dans le monde, à ce niveau, allongée à poil sur la table de torture je compatis avec tous les malheurs de la planète). Par contre, avouons que c'est rapide, 5 minutes environ. Pas plus. Quand je me relève, j'ai les cuisses ensanglantées, je suis blanche et j'ai les yeux encore remplis de larmes.

Le docteur qui ne m'avait pas adressé la parole me regarde enfin et me dit : « *N'exagérez pas, ce n'est pas si douloureux. Très bonne nouvelle, vos trompes sont en bon état, tout va bien. Au revoir et bonne journée. N'oubliez pas de payer en sortant* ». Voilà ! Je dois donc m'estimer heureuse. Je n'ai pas le droit de lui hurler dessus, parce qu'après tout il m'avait menti comme un arracheur de dents. Non, je dois juste être heureuse parce que tout va bien du côté de mes trompes. Un peu faible quand même !

Mais pas le temps de tergiverser, je dois sauter dans un bus pour mon second examen de la journée, une échographie. Banale me direz-vous... Oui, mais à ce stade, je deviens déjà un peu dingo. Je commence à penser que tous les examens sont potentiellement douloureux.

Je déteste mon médecin et surtout, mais alors surtout : JE NE PARVIENS PAS DU TOUT A NE PAS Y PENSER.

***

Une lectrice du blog a écrit :

« C'est exactement ce que j'ai vécu ! Un examen auquel on ne m'avait pas préparée. Aucune information. Juste un doliprane. Pas de donnée sur les conditions, ce que l'on doit emporter pour rentrer, savoir si mon homme doit m'accompagner ou non... Bref, au final, une fois entrée, une infirmière m'a fait l'examen et n'a pas compris que je pleure, que je gémisse... "Faut résister, faut avoir du courage". Mais bon, il faut bien dire aux autres femmes qui liront que certaines d'entre nous passent cette épreuve sans la moindre douleur (les chanceuses). Ou avec à peine une petite douleur. Tout dépend sans doute de notre médecin, de l'information qu'il nous a donnée. De l'infirmière qui nous fait passer l'examen, de sa gentillesse, de sa douceur... »

Boire et déboire d'une échographie

Dans les films, on la voit couchée, jolie, à peine ronde, fraîche et rayonnante, tenant la main de son beau mari trader et riche. L'échographe est souriante et aimable, elle passe son appareil sur le ventre et à l'écran apparait une petite masse qui bientôt se prénommera Isidore et qu'il faudra nourrir 8 fois par jour... ça, c'est dans les films...

Parce que la réalité, enfin ma réalité, celle d'une combattante de l'infertilité, est toute différente.

J'arrive donc à mon rendez-vous et en chemin je n'ai pas manqué de boire deux litres d'eau. La vessie bien pleine m'avait-on dit. La secrétaire n'est pas un modèle de sympathie, elle me fait payer immédiatement 100 euros pour l'examen et me montre du doigt une salle pleine de femmes enceintes au fond du couloir. La proximité de toutes ces femmes enceintes me laisse une sensation mitigée. Je suis heureuse pour elles. Jalouse, un peu, de ne pas y parvenir moi aussi, et puis comme je suis ronde je sens (en tout cas j'imagine) que certaines pensent que je suis également enceinte. Humiliant. Mais tout cela n'est plus très important au bout de 45 minutes de retard, au moment où ma vessie menace d'inonder mes genoux. Je me lève et demande à la secrétaire si le médecin en a pour longtemps. Crime de lèse-majesté. J'ai osé demander une information. Elle s'étouffe, s'offusque, me répond que le docteur est très occupé et que le retard sera encore au moins d'une heure. Là, je n'ai pas le temps de l'engueuler ou de lui lancer ma bouteille d'eau en plastique à la figure parce que décidément, ma vessie ne supporte pas cette attente. La secrétaire ne me regarde plus, elle me parle dédaigneuse du bout des lèvres et me montre la direction des sanitaires en m'informant que si je ne suis pas assez tenace et résistante, qu'au moins je ne souille pas le sol de la salle d'attente. Elle ajoute que l'examen pourra se faire par voie vaginale si je n'ai pas la vessie pleine. Première nouvelle ! C'est donc uniquement par sadisme qu'on m'a fait boire deux litres d'eau alors qu'il existe une autre façon de faire l'examen ? Étrange monde que celui des médecins...

Et puis finalement, l'examen est totalement indolore et très rapide. Mes ovaires sont jolis. Mon utérus agréable à regarder. Mes follicules sont joueurs, et ma muqueuse molletonnée. En conclusion, tout fonctionne correctement chez moi. J'ovule et alléluia cela ne doit plus être qu'une question de semaines avant que je tombe enceinte puisque tout va bien.

On arrête tout et on recommence

C'est l'été 2006, le soleil brille et la France joue la finale de la coupe du monde. Paris est heureuse, et nous fatigués ! C'est l'heure des bilans. Tous ces examens m'ont un peu éprouvée. Je commence à développer le « syndrome de Caliméro » (« *c'est trop injuste pourquoi ça nous arrive à nous* ») et en même temps le bilan médical est clair : tout va plutôt bien. Les mini-sportifs de Sidi ne sont certes pas prêts de participer aux Jeux olympiques, mais le docteur nous affirme que la fécondation peut, hypothétiquement, se faire naturellement. Mes cycles sont certes un peu longs, mais j'ai un utérus de winneuse. En principe, ça doit pouvoir marcher tout seul.

Nous décidons donc qu'il est temps pour nous d'arrêter de nous stresser. Il faut nous détendre, et enfin, penser à autre chose.

Parfois la vie faisant bien les choses, une opportunité se présente à nous. Un ami peut nous accueillir à Montréal. Rien ne nous empêche de partir. Notre vie professionnelle peut s'arranger d'une année à l'étranger. La famille et les amis sont tous excités à l'idée de venir nous voir. Ni une, ni deux, nous demandons un visa et nous quittons Paris. Un an à Montréal… Le rêve !

Nous passons donc l'année 2007 à boire du jus de canneberge et à décrypter les expressions imagées de l'autochtone. Nous goûtons à la poutine et faisons des bonshommes de neige. Et puis surtout on fait l'amour. Partout et souvent, histoire de stimuler un peu la machine. Je ne peux pas cacher une pointe de déception quand, chaque mois, les Anglais débarquent (oui expression désuète, je sais !), mais je tiens le coup et je m'amuse en vendant des jouets dans un magasin de la rue Mont-Royal. Je m'aperçois rapidement que la proximité de tous ces enfants avides de legos ne me déplait pas. Je les regarde de loin, mon utérus frétille en sentant leurs odeurs et je me dis que ça doit être bon pour ma fertilité toute cette proximité.

Cela fait déjà 6 mois que nous sommes au Canada et la vie coule avec quiétude. Et inquiétude aussi que rien ne vienne. J'essaie de ne pas trop harceler mon amoureux à ce sujet et je tente à chaque cycle, d'un œil de sioux, de repérer la date de mon ovulation pour me jeter sur lui. Pas si sûr que je sois discrète…

Et puis un matin, je reçois un coup de fil. Une de mes meilleures amies est enceinte. Un accident. Elle est anxieuse et déstabilisée. Le père est un amour de passage et ne se sent pas l'âme d'un chef de famille. Elle va donc avorter. Le choc… Déjà parce que c'est mon amie et que c'est un moment difficile de sa vie. J'essaie, de loin, de la soutenir comme je peux. Et puis, plus égoïstement, parce que je me mets à imaginer que peut-être elle va, dans un moment de folie, me filer son gamin... Oui je suis une amie atroce, mais j'y ai pensé. Je me suis demandé si je ne devenais pas un peu zinzin, mais ce n'était plus mon cerveau qui s'exprimait, c'était mon utérus devenu fou ! Je m'imaginais ouvrant la porte de la chambre pour coucher le bébé fraichement débarqué des bras de mon amie, sa mère biologique...

À peu près dans la même semaine, comme en général rien n'arrive seul, Sidi m'annonce un soir (alors que j'étais tranquillement lovée entre ses bras – à le harceler sur mon sujet favori : les enfants), il m'annonce donc qu'il ne veut plus de bébé. Ras-le-bol de tout ça ! Il me dit qu'il a bien réfléchi, que tout ça est compliqué, qu'il ne sait pas s'il a la fibre paternelle, que c'est peut-être mieux comme ça si on n'y arrive pas et qu'on devrait ne plus y penser... Le tout dans un seul souffle. À la fin il avait l'air plutôt soulagé d'avoir osé m'en parler.

J'avoue que cela devait être trop pour moi dans la même semaine parce que j'ai fait une légère crise de nerfs dans la chambre. Je hoquetais entre deux sanglots en hurlant que la vie était décidément trop injuste et je maudissais le sort qui s'acharnait contre moi et mon envie de bébé. Alertés par mes cris, nos amis et colocataires nous ont rejoints, inquiets, afin de vérifier que personne n'était mort. Finalement, la crise est passée. Nous avons fini par boire un verre salvateur. Il faisait froid et nous étions tous agglutinés sur le canapé d'extérieur, dans le jardin de la colocation. Un bon whisky par 5 degrés, rien de mieux pour décompresser ! Mon bilan de cette année américaine est joli. Notre couple s'est finalement sorti de cette soirée de crise et Sidi s'est vite remis à me soutenir dans mon entreprise de repeupler le monde. Toute cette pression l'avait un peu refroidi, mais il était toujours partant pour notre projet bébé.

Mon amie a avorté, et a dans la foulée trouvé l'amour avec un jeune professeur tout prêt à fonder une famille. Elle était de nouveau heureuse et pleine de projets.

C'est donc heureux de notre expérience, enrichis de plein de souvenirs et prêts à en découdre avec tous les gynécologues de la terre que nous avons réaménagé en janvier 2008 à Paris, dans un petit appartement du 20ᵉ arrondissement. À nous Paris, le bébé c'est pour cette année !

La folie des examens

Nous voilà donc repartis dans la ronde des examens... Nous entamons notre 3ᵉ année d'envie de bébé... Il commence à se faire attendre ce morveux !

En février 2008, je choisis au hasard un gynécologue de mon quartier, l'air gentil (quoique le cabinet ne soit pas très propre..., j'aurais dû me méfier...).

C'est une dame très mince, le visage sévère qui écrit tout le temps. Je ne sais pas si j'ai déjà vu la couleur de ses yeux. Elle écoute notre histoire et nous donne une immense liste d'examens à faire puisque décidément ce bébé ne vient pas tout seul :
- spermogramme (du classique)
- échographie (les doigts dans le nez)
- prises de sang à gogo (allez-y mes veines sont à vous)
- hystérographie (je commence à transpirer...)
- examen de la glaire (berk c'est quoi ça ?)
- examen de Hünner (c'est qui ce type ?)
- et examen croisé de spermatozoïdes (qui croise qui ? Je n'ai pas compris).

Elle n'oublie pas de préciser que je dois perdre 10 kg parce qu'une perte de poids peut aider à ma fertilité (un chouia culpabilisant, mais je range, la mort dans l'âme, mon paquet de petits princes au fond du placard). Et c'est parti pour les examens, vogue la galère.

L'hystérographie

Suite à mon grand traumatisme avec l'aiguille gigantesque et tueuse, je ne suis pas bien fraîche en entrant dans le cabinet (très très luxueux) du spécialiste. La secrétaire choucroutée me demande 140 euros et me fait asseoir sur un magnifique canapé blanc que j'espère en cuir véritable de vache bio, vu le prix de l'examen. *« De toute façon, me dit-elle en voyant ma main trembler sur le chèque au moment de la signature, la Sécurité sociale rembourse 33 euros (youpi) et votre mutuelle le reste »*. Sauf qu'après vérification, ma mutuelle ne rembourse pas ce type d'examen... ni les suivants d'ailleurs... (« Allô maman, tu peux m'envoyer 100 euros pour finir le mois s'il te plaît »).

Le docteur est très classe et tout à fait gentil. À ce prix-là, vous me direz que ça serait un comble qu'il soit en plus désagréable ! Il m'allonge et ne semble pas comprendre pourquoi je suis rouge et transpire à grosses gouttes avec l'air désespéré des condamnés à mort. Il me montre un petit tube avec une caméra et me demande de respirer tranquillement. L'examen dure 2 min 30 (ce qui vaut bien 140 euros convenons-en), inconfortable, mais pas douloureux. Rien à voir avec le 1er examen, sauvée ! Il me dit que ma cavité utérine n'a pas de problème. Tout va bien. Je veux poser une question, mais il ne me regarde pas et me montre la porte de sortie en me souhaitant une bonne journée. En sortant, je crois d'ailleurs entendre le bruit d'une machine à sous (celle des casinos de Las Vegas qui annonce le jackpot aux gagnants), mais non ce n'est pas possible. Ce doit être la confusion de mon esprit, c'est sûr…

L'examen de la glaire

À ce stade de mon histoire, je ne peux décemment pas donner de détail sur cet examen. En effet, cela risquerait de rendre stériles toutes les femmes fertiles de ce monde ! Juste vous dire que l'examen a encore coûté cher, qu'il était rapide et indolore et qu'il a conclu que ma glaire n'était pas acide, mais toute mignonne (contente de l'apprendre) donc pas de soucis. C'est avec la suite que ça se gâte...

Mais qui est ce Hünner ?

Là je pense que cet examen mérite une minute de silence… Le type qui l'a inventé était-il un prisonnier en manque d'activité sexuelle ? Un pervers, grand lecteur de *Playboy*, et sans contact féminin depuis plusieurs mois ? Pour bien comprendre l'examen, voici quelques explications médicales :

- *À quoi ça sert ?* Le test de Hünner est destiné à évaluer la présence et l'état des spermatozoïdes dans la glaire, en période d'ovulation, après un rapport sexuel.

- *Quand ?* Il se pratique en période pré-ovulatoire, le plus souvent autour des 12-13ᵉ jours du cycle. Le couple aura eu préalablement un rapport sexuel, la veille de l'examen le plus souvent, moins de 12 heures avant le test. Le rapport sexuel est précédé par une abstinence éjaculatoire de 2 jours minimum. Pas de douche vaginale dans les 24 heures qui précèdent. Après le rapport, prévoir un petit quart d'heure en position allongée et ne pas pratiquer de toilette intime.

« Oui tout à fait docteur, c'est un honneur », avais-je répondu au gynécologue à l'explication du test.

En fait, je n'avais rien compris. J'avais juste compris que ce Hünner n'était pas très porté sur l'hygiène intime de la femme… Et puis un autre problème m'était apparu assez vite en voyant le visage heureux et épanoui de mon chéri à l'écoute du dit examen. Il va donc falloir déterminer le jour et l'heure exacte du rapport... Que c'est romantique ! Que ça donne envie... Ce type, le Hünner, avait-il pour objectif à peine caché de faire rompre tout couple normalement constitué ? Voulait-il simplement tuer notre libido ? Mystère…

Finalement, après une organisation digne d'un chef d'État qui a tout de suite emballé Sidi (acte sexuel le soir à 22 h, pas de douche du matin bien sûr il ne faut pas plaisanter avec ça, rdv à 10 h du matin dans une clinique à l'autre bout de Paris, bien penser à prévenir à 9 h 20 son patron que le métro est en panne et qu'on aura un léger retard...). Donc après tout ça, il s'avère que le test ne donne rien. RÉSULTAT NON LISIBLE.

« C'est une blague ? » m'étais-je exclamée en ouvrant le courrier du laboratoire. *« Non seulement cet examen est infaisable et en plus on ne peut pas lire les résultats ? C'en est trop pour moi. Je lâche l'affaire. Je craque. Je suis au bord de l'épuisement. C'est quoi ce tintouin ? »* Après avoir passé 30 minutes à pester en parlant toute seule devant ma feuille de résultat, j'ai fini par me calmer. Ferme les yeux et respire ma fille, la galère n'est pas encore finie… Inspire… Expire… Courage ! Tu l'auras ton bébé !

Mon chéri aussi a adoré ce Hünner. Vraiment bien comme type, m'a-t-il dit à l'écoute de mes explications.

Pour la gynécologue, tout était très clair. Puisque Hünner ne donnait rien, il fallait passer directement au stade d'après, le test de pénétration croisée...

Qui croise qui ? On n'a pas compris

Ressortons notre bible du moment, l'infertilité pour les nuls :

Test de pénétration croisée : analyse du comportement de la glaire et des spermatozoïdes du couple mis respectivement en présence d'une glaire et de spermatozoïdes de donneurs. Permet de détecter la part de responsabilité de la glaire et des spermatozoïdes dans la survenue d'un test de Hünner anormal. Permet de repérer la présence d'auto-anticorps ou d'anticorps anti-spermatozoïdes...

Comme on ne me la fait pas à moi, j'ai tout de suite eu peur en comprenant que ce test avait un rapport, même de loin, avec notre copain Hünner. Par contre, je n'étais pas mécontente de retrouver « Suzie la glaire ». Non, non, vraiment à force, tout ça devenait marrant...

Enfin... Parfois on arrivait à en rire. Pendant les dîners avec les amis par exemple. Nous dédramatisions tous ces mois de tests. On plaisantait en buvant un bon verre de vin. Ces moments nous faisaient du bien. Mais au fond de moi l'angoisse était tout de même présente. Toutes les plaisanteries que j'inventais sur le sujet ne parvenaient plus à masquer mon vague à l'âme. Nous étions déjà en août 2008, et tous ces mois de tests ridicules qui ne donnaient rien commençaient à laisser des traces. Lassitude et fatigue. Je ne ressentais plus que ça. Peu à peu le désir de bébé se transformait en profonde tristesse…

Ce qui a fini d'achever mon humeur, c'est la lecture des résultats, la semaine suivante. Après encore une cavalcade folle dans Paris pour trouver le bon laboratoire (impossible d'en choisir un près de la maison, seul celui du 16ᵉ arrondissement semblait faire l'affaire), le verdict était tombé : lecture du test impossible. Encore une fois, l'examen n'avait rien donné. Nous n'avancions plus.

Je commençais à déprimer sévèrement. J'ai donc décidé d'appeler notre gynécologue pour avoir un rendez-vous d'urgence afin de mettre en place une stratégie adéquate. Et là, après avoir fait un bruit d'aspiration qui semblait indiquer qu'elle buvait un bon thé vert, elle m'a donné une information incroyable : « *Madame K., ah oui... Ecoutez, les tests ne sont pas probants !* » Oui je sais merci. « *Je ne peux rien pour vous. Je ne suis pas spécialiste des problèmes de fertilité. Trouvez un autre gynécologue spécialisé. Il y en a plein l'annuaire.* »

Minute de silence. Je manque de perdre l'équilibre sous le choc de l'information…

« *QUOI ??? Mais ça fait quatre mois qu'on fait des tests complètement stupides sur votre demande. Peut-on se revoir pour échanger à ce sujet Docteur ?* » Peut-être est-ce la méfiance que lui a inspirée ma voix devenue aiguë par la surprise et la colère, mais la réponse a été immédiate : « *Nous sommes en août, je pars en vacances, reprenez contact avec moi mi-octobre.* »

BIP BIP BIP.

Je n'en revenais pas. Notre gynécologue venait de lâcher l'affaire. Même pas le nom d'un autre spécialiste. J'étais toute seule dans cette galère, avec mon amoureux qui commençait à se fatiguer d'offrir ses spermatozoïdes à la science... J'étais lessivée.

Je me souviens avoir pleuré trois heures. Puis, les yeux d'un beau rouge, j'ai téléphoné à une amie. Un peu remontée par son soutien (m'étant lamentée sur mon sort jusqu'à plus soif), j'ai cherché sur internet « spécialiste en fertilité ».

Le premier nom était celui de Monsieur C...., 17ᵉ arrondissement. Le rendez-vous était pris pour le 1ᵉʳ septembre. Il n'y avait plus qu'à attendre et espérer.

***

Une lectrice du blog a écrit :
« Moi c'était l'hystérographie qu'ils ont loupée. Pas de résultat lisible. Et mon gynéco à ce moment m'a dit en gros qu'il n'était pas spécialiste de l'infertilité et qu'il fallait contacter un autre gynécologue. Au bout de plusieurs mois de tests, de courbes de température, de Clomid, j'ai rencontré ma spécialiste. C'est hallucinant, tout est un combat. »

Arrivage intensif de bébés

C'est à peu près à cette période, courant 2008, que mes deux meilleures amies sont tombées enceintes. Les deux la même année. Juste ce qu'il me fallait pour me réconforter disait en moi le Caliméro qui envahissait de plus en plus souvent ma tête. Tout ce bonheur à partager. Très encombrant quand on n'arrive pas, soi-même, à avoir un enfant, et qu'on oscille entre la sincère joie pour son amie et la profonde tristesse de sa propre situation.

J'en garde le souvenir d'une période difficile. Je me souviens que quand j'ai appris pour le premier des bébés, j'étais au téléphone. J'ai hurlé de joie. C'était merveilleux. Enfin quelqu'un qui parvenait à repeupler ce monde ! Et puis je l'aimais déjà si fort ce petit bébé qui serait, dans neuf mois, un de mes neveux préférés. On a beaucoup parlé. J'ai rassuré la maman sur le fait que je vivais bien la nouvelle. Elle était attentionnée et cela m'avait touchée.

Et puis j'ai raccroché le téléphone. Mes genoux ne me portaient plus et je crois avoir pleuré non-stop pendant une demi-journée. Pathétique, oui je sais. En plus j'étais terriblement culpabilisée de mon attitude si égoïste. Encore maintenant, je m'en veux de ne pas avoir réussi à contrôler mon chagrin. Je ne pouvais m'empêcher de me remémorer qu'en 2006 nous étions tout excités à l'idée d'annoncer à nos amis une grossesse alors qu'aucun d'eux, encore, n'était au stade de vouloir un enfant. Pour le coup, mon timing était complètement loupé ! Ce qui me torturait c'était d'avoir été si égocentrée en pensant à moi et à mes petits problèmes dans un moment si heureux. Sidi m'a réconfortée, toujours positif, il était d'un grand soutien. Je me souviens que je n'ai pas pu rappeler cette amie pendant plusieurs semaines, je n'y arrivais pas. C'était trop douloureux. Et puis, si souvent, je m'étais imaginé partager ce moment avec elle, voir nos deux petits bambins courir ensemble...

Décidément, il me fallait une occupation pour arrêter mon syndrome de Caliméro qui commençait à me submerger. Pas question que je devienne une vieille chose aigrie qui se lamente sans arrêt. Jamais !

Je décidai donc de penser à autre chose et de m'occuper l'esprit. Mais quelques semaines après, j'avais à peine commencé à reprendre pied qu'une autre de mes amies m'invitait au restaurant pour m'annoncer LA nouvelle.

Elle était enceinte. OK. Autant se jeter sous un train tout de suite, non ? J'avoue que la seconde annonce de grossesse fut moins violente à vivre. Je crois que je commençais un peu à reprendre le dessus. Et puis il fallait s'accrocher. Nous étions fin août et le rendez-vous avec le fameux spécialiste, sauveur de l'humanité, était pour la semaine suivante. Pas le moment de sombrer.

**

Des lectrices du blog ont écrit :

« Une amie à moi est enceinte du 2ᵉ actuellement. Au boulot, elles sont toutes enceintes ou ont déjà eu des enfants. Moi aussi timing loupé, j'aurais dû être une des premières ! Mes ressentis étaient les mêmes que toi. DÉSABUSÉE ! »

« Tout pareil ! Depuis que j'ai arrêté la pilule, 5 de mes collègues sont tombées enceintes. Pas facile, comme tu dis ! Heureuse pour elles, mais tellement triste de me dire que tout le monde y arrive sauf moi... »

« C'est ça ! Et ça me poursuit, car le pire quand je vais chercher mes piqûres à la pharmacie, c'est une jeune fille enceinte qui me sert ! »

« C'est vrai que c'est un truc de fou ça, le monde entier se reproduit ! Et puis ce n'est pas permis d'être tellement fertile ! »

« Cela me réconforte le cœur de lire ces chapitres ! Le plus dur, oui, c'est aussi d'entendre votre amie de toujours vous demander de l'accompagner se faire avorter parce qu'elle déteste utiliser des contraceptifs... »

Docteur C. sauveur de l'humanité

Peut-être avions-nous un peu trop investi sur ce spécialiste, mais il faut avouer qu'en sortant de notre 1er rendez-vous, nous étions unanimes : ÉTRANGE... Notre nouveau docteur sauveur de l'humanité était un peu inquiétant...

D'un côté, enfin, nous avions face à nous un docteur qui semblait connaitre la question. Il nous a tout de suite confirmé que nous pouvions, en théorie en tout cas, procréer (quel tendre mot) seuls, mais que force était de constater que depuis 2006, sans aucun contraceptif, ça ne fonctionnait pas.

Il nous a ensuite dit, en voyant les tests prescrits par l'ancienne gynécologue que c'était ridicule. Tous ces tests ne servaient à rien sauf à perdre du temps (ouf enfin quelqu'un partageait notre avis !). Il nous a programmé une insémination artificielle pour janvier 2009. Donc oui, clairement, nous avions enfin l'impression d'avancer quelque part. Insémination en janvier 2009... Je fêterai mes 30 ans en couvant mon petit bébé, le timing était parfait !

Mais tout de même étrange, parce que, même si notre sauveur s'y connaissait en infertilité, il était incroyablement désagréable. Mais alors d'une telle puissance dans le manque de tact que ça en devenait risible. Aucun goût, semblait-il, pour le relationnel avec ses patients. Aucune écoute. Il avait également un regard hautain et autoritaire qui me faisait un peu peur. Et il affichait une petite moue qui semblait vouloir mettre à distance tous ces imbéciles de patients.

J'étais choquée par ce rendez-vous. Déjà, il nous avait reçus avec 1 h 30 de retard. Quand j'avais osé émettre une remarque, il m'avait fait taire d'un geste de la main. On ne critique pas la sommité. Il ne nous avait jamais regardés pendant le rendez-vous. Pas une fois. Nous n'étions pas vraiment des êtres humains. Juste des patients. Et un patient, ça patiente, alors *de quoi on se plaint !*

Ensuite, en parlant du traitement (d'innombrables prises de sang suivies de rendez-vous de lecture des résultats pour établir avec exactitude la date de l'insémination), j'avais demandé s'il n'était pas possible de faxer les résultats des prises de sang. Tous ces allers-retours entre le cabinet et le laboratoire devenaient, à force, ingérables. Il m'avait jeté un regard noir en me disant que si je n'étais pas assez motivée pour assumer les déplacements du laboratoire à son cabinet, cela n'était pas la peine de commencer le traitement.

OK. Compréhensif le toubib ! Et puis les honoraires étaient de 90 euros la visite, soit 70 euros de dépassement d'honoraire (évidemment non remboursés par notre bonne vieille Sécurité sociale). Même si un rendez-vous avec son cabinet ne consistait qu'à venir déposer les résultats de la prise de sang, pourquoi se serait-il passé d'une telle manne providentielle ?

En sortant du cabinet, nous avions la désagréable impression d'être des pigeons. Nous allions contribuer au financement de sa prochaine voiture de luxe.

Mais malgré tout, rien n'était plus doux à mes oreilles que le son de ces nouveaux mots « *insémination artificielle* ». Il est certain que cela aurait rebuté plus d'une femme. Que la dimension vache reproductrice aurait dû calmer mes ardeurs. Mais non, je sentais que cette fois-ci, enfin, on touchait au but !

Sidi, lui, s'était amusé d'un autre point qui était tout aussi étrange. Docteur C., notre sauveur, était un pratiquant chevronné. Pas le petit pratiquant du dimanche, mais plutôt le prêcheur camouflé. En effet, notre nouveau meilleur ami était croyant. Peu importe, me direz-vous. Mais c'est vrai que son bureau était un peu angoissant. Sur le bois d'ébène lisse trônaient divers bibelots religieux. Aux murs, d'innombrables tableaux évocateurs. Même sur la porte apparaissaient des petits objets de cultes. Tout pour que deux païens comme nous se sentent mal à l'aise dans l'antre du religieux ostentatoire...

Mais soyons sincères, peu m'importait. Il pouvait bien me demander de me convertir ou obliger Sidi à porter une kippa ou moi un voile, nous étions en septembre et dans quatre petits mois nous aurions un bébé !

Insémination et infarctus

Janvier 2009.

J'ai commencé mes piqûres depuis deux semaines. Un peu contraignant. Je me bourre d'hormones, telle une toxicomane, afin de stimuler mon ovulation. Je suis sur les nerfs, mais j'ai l'impression de gérer.

J'ai fêté mes 30 ans. Belle soirée à compter les nouvelles ridules avec les copains. Chaque soir, à heure fixe, une petite piqûre dans le ventre vient animer ma journée. Mais ça n'est pas douloureux et c'est bien pensé parce que je peux me piquer moi-même.

Jongler avec le travail est déjà plus difficile. Les prises de sang sont le matin à 8 h et les échographies pour vérifier l'évolution des follicules sont à l'autre bout de Paris à 10 h. Trois fois par semaine, j'arrive au travail à 11 h, la bouche en cœur en prétextant un rendez-vous extérieur. Je suis heureuse que la fin du traitement approche parce que je ne vais pas pouvoir faire ça bien longtemps...

J'ai bien tenté de demander un arrêt maladie, une fois, mais notre spécialiste a tellement rigolé, sans même me répondre, que je n'ai plus jamais osé demander.

Le jour J, enfin. Nous sommes fin janvier. Je quitte le bureau à 12 h, je traverse la capitale pour récupérer, au laboratoire, une petite fiole enfermée dans une boîte plastique. À l'intérieur les petits sportifs de Sidi, tous beaux et tous triés pour ne sélectionner que les plus vigoureux.

Je ne suis pas peu fière, dans le métro, avec mon paquet à la main. À République, en changeant de ligne, une dame me bouscule. Panique. Je reprends l'équilibre de justesse. Quelques minutes passent et je vois au loin un homme courir en bousculant les passants. Je ne comprends pas. Tout le monde hurle autour de moi. Je serre contre mon cœur mon petit paquet de sportifs dopés. C'est un voleur. Une dame court derrière l'ombre fuyante et crie *« mon sac ! »* Crise d'angoisse. Et si jamais je me fais dérober mon colis ? J'esquisse un sourire en imaginant le visage du voleur qui ouvre son butin et découvre une fiole pleine de sperme...

Heureusement, rien n'arrive et après 20 minutes de trajet, je m'installe dans le cabinet de mon spécialiste qui m'insémine.

« C'est déjà fini ? Ça a duré 2 minutes... »
Pas de réponse.
« Je ne reste pas couchée un peu après ? »
Toujours pas de réponse.

Le docteur me tend un stylo en gardant le silence. Ah oui ! C'est vrai ! Le chèque de 150 euros pour acte médical... Ça fait cher la minute ! J'espère que le bébé sera un génie à ce prix là ! Mais au fond peu m'importe. Je suis heureuse. Rien ne compte d'autre que le bébé à venir. Cette fois-ci, c'est certain, je suis enceinte.

Trois jours déjà que je couve jalousement mon petit ventre. C'est sûr ça a fonctionné. Je me sens nauséeuse. Je sens mes seins qui chatouillent. Je suis à la limite de sentir des coups de pieds dans mon ventre... Ah non, ça c'est impossible, s'il y a embryon, celui-ci n'a que trois jours... Calme-toi Marie, calme-toi...

Ensuite tout va très vite. Le week-end suivant, nous organisons une petite fête d'anniversaire dans notre studio parisien. Toute la famille est là, entassée et heureuse de se retrouver. On grignote et on papote. Les enfants de mon frère jouent à arracher des bouts de moquette. Je les regarde amoureusement en touchant mon ventre. Tout est parfait.

Et puis 16 h sonne. Ma mère s'écroule au sol. Crise cardiaque. Je ne me souviens même plus vraiment de la suite tellement j'étais sous le choc. J'ai appelé les pompiers en tremblant. Nous l'avons accompagnée à Tenon où un docteur pressé nous a informés qu'elle devait avoir une intervention en urgence le lendemain. Un choc indescriptible.

Après une semaine d'hospitalisation, les médecins étaient confiants sur son état de santé. La pression pouvait redescendre un peu. Je venais de prendre conscience que mes parents vieillissaient et que j'allais les perdre un jour. Terrible constat.

Je me souviens être rentrée à la maison le samedi, à la sortie d'hôpital de ma mère. J'avais un peu mal au ventre et je suis allée aux sanitaires. J'avais mes règles. Maman s'en était heureusement sortie, mais je n'étais pas enceinte.

Échec de la première insémination. J'ai pleuré environ deux jours (il fallait au moins ça pour me remettre du choc de l'infarctus et de la tristesse de l'insémination).

Je me souviens avoir pensé, le lundi matin en allant au travail, que la vie n'avait vraiment rien à voir avec ce que j'imaginais, quand, à 15 ans, à la terrasse des cafés, nous refaisions le monde avec mes copines. Nous pensions que tout était possible. Que rien ne pouvait nous empêcher de vivre ce que l'on désirait. Tu parles. Quelle escroquerie !

***

Des lectrices du blog ont écrit :

« On ressent toutes la même chose quand on a ce désir d'enfants dans les tripes, en tout cas moi, je ressens plein de choses que tu décris. Ça fait du bien de lire tout ça. »

« Cela m'a un peu chamboulée de lire ce passage. On se rend davantage compte à quel point c'est lourd... Ne perds pas espoir. »

De l'eau dans le gaz

Évidemment, à force de se piquer à coup d'hormones, on finit par devenir, non seulement une vraie passoire, mais en plus on doit, je suppose, être un peu irritable. Moi j'avoue que je n'ai pas vraiment senti venir la crise. Il est certain que j'étais devenue à moitié folle et totalement obnubilée par mes piqûres, mais nous étions en mai 2009 et cela faisait déjà la 3ᵉ tentative échouée d'insémination. J'estimais donc que j'avais le droit d'être un peu triste et désagréable.

À chaque insémination, non seulement je devenais dingo (il faut bien l'avouer), mais il faut aussi admettre que l'influence était immense sur notre vie de couple. Non content de vivre avec une harpie toute perforée par des trous de piqûres, mon chéri devait également subir mes sautes d'humeur.

J'étais en effet sujette à de sympathiques petites crises de larmes inexpliquées (les hormones mes amis, les hormones !) et notre vie intime était totalement chamboulée. L'amour était depuis plusieurs mois régulé par notre spécialiste, qui nous indiquait la date, les délais et la fréquence amoureuse de tous nos rapprochements intimes.

À chaque tentative, la violence de l'échec était tellement difficile à vivre, que j'avais envie de voir dans les yeux de mon chéri la même tristesse que la mienne. Mais je ne voyais rien. À peine était-il un peu déçu. Il n'exprimait pas grand-chose. Ce silence aussi était dur à gérer pour moi. Il était toujours positif, toujours prêt à continuer, mais les échecs ne semblaient pas l'atteindre.

C'est donc dans ce contexte idyllique, qu'un beau matin de mai 2009, je me suis réveillée de mauvaise humeur. Lui semblait tout aussi horripilé que moi et une dispute, dont j'ai totalement oublié la cause, a éclaté.

Entre deux énervements, une petite phrase n'est pas passée inaperçue : « *J'en ai marre de tout ça, et puis à force je ne sais plus si je t'aime comme avant* ».

Aïe... J'ai les yeux qui piquent. Encore un effet secondaire des hormones ? Pas sûr...

Sur le coup je suis trop énervée pour mesurer la rudesse du coup. Je pars donc travailler, mais à mesure que la journée avance, je m'aperçois que la crise est plus sérieuse qu'une petite dispute matinale autour d'un café corsé. Quelque chose a été dit.

On ne peut plus le nier, notre couple est en danger... Est-ce qu'on s'aimait encore « *comme avant* » ? Je ne le savais pas moi-même. J'étais trop occupée à me piquer chaque soir pour me poser ce type de question. Le pire, c'est qu'avant de penser à la difficulté d'une éventuelle rupture, de perdre mon amoureux, je me suis tout de suite dit que c'était horrible d'avoir fait tous ces traitements pour rien. Oui, je virais fada !

En rentrant le soir à la maison, nous avons décidé qu'un peu de distance nous ferait du bien et j'ai sauté dans un avion pour rejoindre une amie installée depuis quelques mois au Maroc. Loin, sous le soleil d'Agadir, en mangeant des cornes de gazelle et en papotant entre filles, je me suis vite rendue à l'évidence : c'était trop horrible de rompre après six ans de vie de couple. Une vie très chouette en plus. Non, c'était trop injuste (Caliméro tais-toi !).

Finalement, après cinq jours de vacances, quelques SMS enflammés et des couscous inoubliables, je suis rentrée en France. À l'arrivée, mon chéri était sur le tarmac. On s'est réconciliés en douceur et nous avons décidé d'oublier cette dispute.

Mais si la dispute était oubliée, il fallait bien se rendre à l'évidence : tous ces traitements, toutes ces attentes inassouvies et ces déceptions pouvaient mettre une sacrée pagaille dans notre vie de couple. Il allait falloir être vigilant.

Et puis une question se posait, à ce stade : FALLAIT-IL LAISSER TOMBER ?

Après trois échecs d'insémination, il fallait prendre une décision. Soit nous passions à la FIV, chose plutôt inquiétante, soit il fallait renoncer à porter un bébé. Adoption ? Nous ne savions pas. Cela avait l'air encore tellement compliqué. Vivre sans enfant ? Trop triste, à cette étape de ma vie, pour l'envisager. Et puis abandonner la guerre après toutes ces batailles... Nous étions perdus.

***

Une lectrice du blog a écrit :

« Que de souvenirs ! Je revis mes hexals et aussi mes sautes d'humeur avec ces chapitres. Je me suis également posée la question de savoir si notre couple allait résister. »

Pathologie annexe et poils de chat

Un des effets étranges de toute cette aventure de lutte contre l'infertilité, c'est l'apparition de pathologies annexes. Comportements étranges et incontrôlables tels que, dans mon cas, l'apparition d'une passion pour les chats !

Ma mère étant en convalescence pour quelques mois, des suites de son mémorable infarctus au milieu de mon salon, je me suis donc retrouvée à jouer les garde-chats. Faty, petite chatte de un an, a élu domicile dans notre studio. Et elle est devenue, en quelques semaines, ma maladie mentale à moi. Mon substitut d'amour maternel. Je suis tombée folle amoureuse de ce chat ! Un peu apeurée, dans les premiers temps, par ce nouvel environnement, et puis par mon ardeur à vouloir la câliner ou brosser ses poils, elle s'est vite habituée à devenir la reine des lieux.

Sidi trouvait mon comportement un peu troublant, mais il avait fini par apprécier la mignonne petite poilue. Il jouait chaque soir avec elle et finissait même par ne plus ronchonner quand je lui demandais de sortir la litière. Moi je la prenais dans mes bras sans arrêt, je commençais même à me dire que si, vraiment, on ne parvenait jamais à procréer, alors nous pourrions créer un refuge pour chats. Je m'imaginais bien, dans la campagne, entourée de mon amoureux et de mes quarante chats qui me permettaient de m'occuper l'esprit et d'exprimer de façon détournée mon besoin de materner.

Et puis il a bien fallu se rendre à la raison, j'avais transformé ce chat en mini-monstre pourri gâté. Elle ne mangeait plus de croquettes. N'acceptait que les mets les plus chers (et un pâté Sheba au saumon, un !) et commençait à avoir les pattes atrophiées à force d'être dans mes bras sans jamais toucher terre.

Je projetais d'ailleurs de consacrer une partie du studio en espace de dégustation pour la petite princesse, quand Sidi a craqué et a téléphoné à ma mère pour qu'elle reprenne ledit chat.

Je dois bien avouer que cela faisait déjà deux mois que maman voulait récupérer l'animal, mais je ne pouvais pas m'y résoudre. Folie quand tu nous tiens...

***

Des lectrices du blog ont écrit :
« Moi je suis passée par plusieurs étapes différentes. La lecture (genre Twilight pour moi si je redescendais à l'adolescence ça voulait dire pas de désir d'enfant), le champagne, les mangas, la peinture, la cuisine, la course à pied (j'ai craché mes poumons au bout de 10 minutes)... Et en ce moment, c'est le désir de jouer du violon ! »

« Alors pour moi ce n'est pas une chatte, mais une chienne adorable qui me permet de "compenser"... Moi qui avais horreur des chiens-chiens à sa mémère ! »

« *J'ai aussi traversé l'étape chat... et ça dure... Le matou a 15 mois, il vit comme un pacha avec lait de chat, pâté, croquettes et friandises... C'est un fou, mais j'en suis dingue !* »

On demande Ken et Barbie

Septembre 2009, devant notre docteur sauveur, aimable comme une porte de prison, je n'en mène pas large.

Lui, plutôt confiant, nous indique qu'à ce stade il faut absolument faire une fécondation in vitro (FIV pour les intimes). Il nous sort une liste incroyablement longue de nouveaux examens à pratiquer pour avoir un joli dossier bien complet et nous informe qu'il faut déposer notre dossier à la clinique proche de son cabinet.

« Pas d'inquiétude mes amis, on commence tout ça en janvier 2010 », avais-je entendu.

J'étais un peu rassurée. Et puis le rendez-vous avait bien duré huit minutes, du jamais vu, j'étais donc contente de faire mon chèque de 90 euros. J'avais même envie d'en ajouter un peu pour l'effort réalisé.

Février 2010, toujours aucune nouvelle du gynécologue, il ne répond pas à nos messages. Le harceler ? Compliqué parce qu'il est vraiment très désagréable et il faut avouer qu'il me fait un peu peur !

Et puis un beau matin de mars, un appel, assez bref, m'informe que la clinique refuse notre dossier de demande de FIV. *« En l'état »*, me précise-t-on. Je dois perdre 10 kilos et redéposer un dossier complet en septembre 2010. La gentille dame du téléphone, une infirmière peut-être, m'explique que la perte de poids est obligatoire, que les chances de concevoir un enfant sont un peu plus faibles avec un surpoids. Donc la clinique, souhaitant garder des statistiques de réussite satisfaisantes, refuse notre dossier. *« Je peux essayer ailleurs »*, me précise-t-elle.

On nous demandait donc de ressembler à Ken et Barbie pour pouvoir faire une FIV ? Ce n'était pas gagné ! Et puis si mon poids réduisait tant que ça les chances de réussite, pourquoi notre docteur sauveur avait-il pratiqué trois inséminations sans jamais aborder le sujet ? J'étais dégoûtée ! Devais-je en plus me teindre en blonde ?

Sidi, un peu irrité par cette histoire et par la légèreté du docteur C. notre sauveur, m'a empoignée par le bras direction la banlieue sud, où une de ses cousines de 42 ans venait d'avoir un enfant par FIV. Elle nous a donné le numéro de téléphone de son docteur et nous a fait boire, ce qui, je l'avoue, a fait du bien.

Le rendez-vous était donc pris, nous rencontrerons le Docteur O. à l'hôpital Bichat en septembre 2010 (les délais d'attente étaient très longs pour un rendez-vous, ce qui n'avait pas manqué de commencer à m'inquiéter, tout en relançant le Caliméro de ma tête). Docteur O., déjà notre 4e docteur depuis 2006... Quelle galère !

En attendant, la question du régime se posait. Évidemment, je voulais bien perdre du poids, entrer dans un petit bikini rose et acheter un mini-short taille 32. Je voulais bien, moi, me teindre en blonde, manger une feuille de salade bio le midi et dire *« merci, c'est trop, j'ai plus faim »*. Mais je n'y arrivais pas.

Toute cette histoire m'avait culpabilisée au plus haut point. Je me sentais punie d'être trop ronde, comme si c'était ma faute si je ne parvenais pas à être enceinte. Il se trouve que si j'étais ronde c'est justement parce que je ne parvenais pas à réguler, comme Barbie, mon alimentation et mes envies. Donc me dire *« pas d'enfant si pas de perte de poids »*, ça revenait un peu à me dire : *« cocotte, tout est de ta faute, tu es punie ! »* Et ça, vous voyez, pour commencer un régime ce n'était pas gagné !

***

Des lectrices du blog ont écrit :

« Je me reconnais tellement dans tes récits... On m'a dit à moi aussi qu'il fallait que je perde du poids... 6 mois de restriction pour 0 kg perdu... youpi ! »

« Oulala j'ai l'impression que nous avons été suivies par le même gynécologue, car quand j'ai commencé mon parcours, effectivement, j'habitais dans un petit studio. Pour la guerre des kilos, c'est pareil, j'ai eu le droit au régime forcé suivi par une diététicienne... Dur dur. »

La secte WW

Nous sommes mercredi soir, 18 h 30, dans le 11ᵉ arrondissement. Un joli bâtiment derrière la rue principale avec un attroupement de femmes dodues devant la porte. J'ai peur...

À mon entrée, on me demande immédiatement de retirer mes chaussures (elles sont propres... mais bon) et de me mettre dans la file indienne pour la pesée. J'angoisse...

Je pense faire demi-tour, mais je suis saucissonnée entre deux dames âgées, plutôt minces, très bronzées, qui s'échangent des recettes en ignorant ma présence.

« Mais toi, tu l'utilises la feuille de cuisson ? » (la quoi ?)

« Toujours, tu plaisantes Ginette, je ne connais même plus le goût du beurre ! UNIQUEMENT la feuille de cuisson. » (Mmm, une bonne sauce au beurre, pensai-je en secret)

« Mais les cornichons, tu les comptes les cornichons ? »

« Mais non Huguette, sois pas bête, aucun point pour les cornichons, d'ailleurs j'en mange 18 par jour pour me caler » (18 ????? Celle-là, elle doit avoir de sacrées douleurs d'estomac !).

J'étudie la file pour évaluer les poids et entame une classification des dames présentes par kilos supposés. Je suis dans la moyenne, ouf ! C'est à mon tour, je dois me peser, je mets un pied hésitant sur la balance (pas très propre cette balance, j'aurais préféré garder mes chaussures !). La dame assise, un badge WW sur le torse et un crayon à la main, écrit mon poids. Je suis sauvée, elle n'a pas hurlé mon poids dans toute la salle. Je me retourne pour récupérer mes chaussures à l'entrée quand j'entends : *« Allez ! On applaudit la nouvelle ! Au moins 20 kilos à perdre ! »*

C'est de moi dont elle parle ? La garce ! Je ne veux en perdre que 10, moi, des kilos ! Mais pas le temps de retourner la gifler, toute la salle m'applaudit et hop hop on passe à une autre pesée.

À l'intérieur tout est WW... les murs sont WW... les vêtements sont WW... une vraie secte ! Nous sommes à présent 30 dames entassées dans une petite pièce. L'animatrice, une maigrichonne l'air revêche, nous explique qu'elle a perdu 38 kilos il y a cinq ans et que depuis elle se maintient. Je me laisse envahir par l'ambiance et je me surprends à applaudir avec les autres. Ensuite, elle remet un petit porte-clés ridicule à une participante pour la féliciter d'avoir perdu son 5e kilo, et je me demande en combien de temps je pourrai perdre 5 kilos pour avoir, moi aussi, le petit porte-clés... Non vraiment, c'est bien fait, on se laisse prendre au jeu...

Allô maman bobo

Noël 2009, nous étions encore en train d'attendre la réponse de la clinique, nous préparions les festivités familiales quand la nouvelle est tombée. Le tout petit bébé de six mois d'une de mes meilleures amies est malade. Une maladie orpheline et rare qui empêche l'assimilation des protéines par l'organisme. Elle est prise en charge à l'hôpital Necker. La catastrophe.

Mon amie vient régulièrement à Paris pour les traitements, la période est très difficile pour les parents et nous sommes tristes avec eux. Le bébé suit un protocole compliqué, toute la petite famille se soutient et les soins se mettent en place. Ce sera compliqué, mais tout sera fait pour que la petite princesse grandisse normalement et soit une enfant heureuse.

De cette période, je garde en mémoire beaucoup de conversations autour de la maternité, la difficulté d'être mère. Comment un enfant devient le centre de notre vie ? Je me surprends à penser que, même pour un enfant malade, j'espère pouvoir un jour être maman. C'est terriblement égoïste, mais je l'ai pensé.

C'est quand même quelque chose d'incroyable que cette envie de bébé que rien ne vient atténuer. Pas même les épreuves de la vie. C'est un peu une folie, quand on y pense... Nous sommes un couple heureux, nous exerçons un travail qui nous donne satisfaction, nous avons des amis, une famille. Nous pourrions simplement vivre pour nous, heureux. Oublier cette histoire de bébé et partir faire le tour du monde. D'où peut venir ce besoin inébranlable de materner ?

Un besoin généré par la société qui ne reconnait une femme en tant que telle que lorsqu'elle est maman ? Un besoin d'être comme tout le monde ? C'est si difficile de ne pas se sentir normale... Toutes les femmes ont des enfants. Pas moi. Ou est-ce un besoin uniquement biologique ? Cette fameuse horloge qui tourne et emporte l'esprit de la femme qui veut devenir mère ? Je n'ai pas de réponse, mais pendant cette période, je me suis beaucoup interrogée.

Que peut bien m'apporter un enfant ? Ne pourrais-je pas être heureuse sans ? Des femmes font ce choix. La nouvelle femme de mon père a fait ce choix. Elle est heureuse. Pourquoi, moi, je me rends malade avec cette histoire d'enfant ? Je vois bien le bouleversement que ça crée dans la vie de mon amie qui a un bébé malade... C'est tellement irrationnel. J'ai besoin d'un enfant, pour donner du sens à ma vie, je crois. Élever un enfant. Le voir grandir. J'ai le sentiment que c'est ce qu'il y a de plus beau dans la vie. Si je n'arrive jamais à en avoir alors, il faudra trouver du sens ailleurs... Je suis certaine que c'est possible... Mais j'espère quand même... Je vous dis ce désir d'enfant rend fou !

***

Des lectrices du blog ont écrit :
« Quel difficile parcours. Je me reconnais dans tes questionnements... C'est vraiment fou ce besoin d'enfant... »

« En essayant continuellement, on finit par réussir. Donc, plus ça rate, plus on a de chances que ça marche la fois d'après ! »

Docteur O.

Enfin, nous avons rencontré le bon médecin. Le bon hôpital. Enfin ! Immédiatement, dès le commencement, tout a été différent.

J'avais réussi à perdre 5 kilos avec ma secte WW, j'étais venue à l'hôpital Bichat, mi-août, quinze jours avant la date prévue du rendez-vous dans l'objectif de remplir le dossier des premiers accueils et, ainsi, gagner du temps.

J'étais assise sur une chaise, devant la porte de la PMA (Procréation Médicalement Assistée). Il faisait une chaleur de fou ! Je transpirais à grosses gouttes. Un docteur est passé, il m'a demandé si je voulais qu'il ouvre la fenêtre. Un homme d'une quarantaine d'années, le visage souriant. Quelques instants plus tard, il est revenu avec une dame, la secrétaire de la PMA. Il n'était pas content parce que son rendez-vous n'était pas venu, sans le prévenir.

Il m'a regardée et m'a demandé si je voulais être reçue de suite, à la place de l'absente. Je n'en revenais pas. J'ai bien sûr dit oui. L'entretien a duré vingt minutes (record du monde battu !), il me regardait (ce que n'avait jamais fait un docteur, jusqu'à présent). Il était autoritaire, mais rassurant. Il m'a donné une liste d'examens à faire, de documents à apporter et m'a dit que la perte de poids était toujours positive, mais que mon poids n'empêchait aucunement de pratiquer une FIV. Il m'a donné un nouveau rendez-vous pour janvier 2011, date de la fécondation. En sortant, je n'ai rien payé, hôpital public... Incroyable...

On y était enfin ! Après une année d'attente sans savoir si nous pourrions poursuivre les traitements, si nous devions abandonner, si nous devions passer à l'adoption, faire le deuil de porter un enfant... Nous avions enfin une date : JANVIER 2011- LA FIV !

Cette fois-ci c'était sûr, pour mes 32 ans, j'aurai un bébé !

De l'acupuncture tu feras

Nous étions le 10 janvier 2011. Je venais de prendre une grande décision, ce genre de décision grave et subite qui vous emporte avec elle. Je ne pouvais pas entamer cette FIV sans avoir mis toutes les chances de mon côté ! J'avais donc pris rendez-vous avec Mme T..., acupunctrice et docteur en médecine traditionnelle chinoise. Tout un programme... Son cabinet était à Belleville, dans le 20ᵉ arrondissement, un quartier plein de Chinois, ça m'a paru idéal. Le midi, j'avais mangé des rouleaux de printemps, pour me mettre dans le bain et c'est très motivée que je me suis assise dans son bureau.

Une grande dame, la soixantaine passée, le visage anguleux et le sourire jauni, est venue s'asseoir devant moi. J'étais un peu déçue parce que, de toute évidence, elle n'était pas plus chinoise que moi. Mais, pour le folklore peut-être, elle portait une tenue traditionnelle chinoise, un chemisier ample rouge à col Mao avec le pantalon assorti. Ce qui m'inquiétait c'était ses mains. Des mains nerveuses, très maigres, qui tapotaient le bureau avec empressement. J'espérais qu'en m'enfonçant toutes les aiguilles salvatrices elle serait un peu plus douce. Mais j'avais un doute.

Elle m'a fait parler de moi, pendant 10 minutes, puis m'a allongée sur une banquette noire. À peine avais-je eu le temps de réaliser que déjà elle m'enfonçait en silence des aiguilles sur les pieds, le ventre et les épaules. Je ne pouvais m'empêcher d'observer son visage. Elle était concentrée. C'était un peu rassurant parce que j'avais vraiment l'impression qu'elle savait ce qu'elle faisait. Ensuite, elle a éteint la lumière et m'a laissée là environ vingt minutes. Étrange...

Installée dans le noir je ne sentais pas du tout les aiguilles, mais j'avais peur de perdre l'équilibre et de tomber de la banquette qui était très haute. Je m'imaginais empalée sur mes petites aiguilles ce qui ne m'aidait pas tellement à me détendre. La pièce carrée était vaste et plongée dans la pénombre. Je me suis donc relaxée doucement tout en restant bien agrippée au cuir de la banquette.

Rentrée à la maison, j'avoue que j'étais dubitative. En quittant le cabinet, j'avais demandé à quelle fréquence je devais venir la voir, elle m'avait répondu que je pouvais revenir, si je le désirais, si cette 1ère FIV ne fonctionnait pas. Bon d'accord... Je n'avais pas senti grand-chose en fin de compte. Je ne me sentais pas particulièrement détendue. J'étais sceptique. Mais en tout cas j'avais essayé et j'étais fin prête pour commencer la première piqûre pour le traitement de choc destiné à la fécondation.

***

Des lectrices du blog ont écrit :
« L'acupuncture pour favoriser la fertilité, j'en avais déjà entendu parler. Mon docteur m'a dit que ça ne pouvait pas faire de mal. Au mieux ça va me donner un coup de pouce et au pire ça va juste me détendre. Donc tout est bon à prendre. »

« *Moi, j'ai fait de la réflexologie et du magnétisme...* »

« *Moi, j'ai essayé l'ostéopathie. Techniquement, ce que fait l'ostéo est "bêtement" mécanique et plutôt douloureux (en tout cas la première fois, ensuite on s'habitue...). Il faut avoir confiance en celui que tu choisis, car il te fait mettre en position gynécologique et il agit à la fois par l'intérieur et l'extérieur... Quel doux moment de sensualité... Mais il m'a parlé de plusieurs personnes pour qui ça avait été profitable, et j'y ai envoyé une amie qui en effet est tombée enceinte le mois suivant. Je ne dis pas que c'est miraculeux, mais ça peut en valoir la peine.* »

« *Moi, j'ai tenté la kinésiologie. Tu t'allonges, il te prend le poignet (test musculaire), murmure des chiffres, des mots et tout à coup cela correspond à une phrase et à un point du corps. Cette phrase, tu la répètes tout le long pour t'en imprégner et en plus, il teste si tu la répètes avec conviction ou non. En même temps, il travaille sur des points d'acupuncture. J'en suis sortie lessivée. J'ai pleuré comme une madeleine en sortant et je ne sais pas si elle y est pour quelque chose, mais trois semaines après j'apprenais que j'étais enceinte... À noter que la séance coûte quand même 60 euros non remboursés. Après, je me dis que c'est le coût d'un petit massage. Alors pourquoi pas ?* »

Faut assumer ma fille, faut assumer...

Assumer... C'est vraiment le mot. Il faut assumer ce combat, assumer la différence, assumer de ne pas devenir maman en faisant l'amour le soir avec son chéri comme tous les couples du monde, assumer les échecs à répétition, assumer les traitements qui (c'est écrit en gros sur la notice) démultiplient les chances de développer un cancer du sein ou de l'utérus...

Assumer les questions aussi, surtout celles des collègues ou connaissances, pas dans la confidence de ton combat, qui te demandent pourquoi tu n'es pas encore maman à 32 ans. *« Bah, faut s'y mettre ma petite Marie, après c'est trop tard »*... OK oui... Prends-toi ça dans les dents...

Parfois on élude : *« Oui, oui on y pense »*.

Parfois on ment : *« Non, un enfant, pas pour nous »*.

Parfois on explique : *« Un enfant ? Oui, on s'y est mis et ça tarde un peu »*.

Un peu oui... six ans déjà...

Je me souviens qu'un jour j'ai complètement pété les plombs. J'étais à la blanchisserie, la dame charmante qui me sert habituellement est là. Elle prend de mes nouvelles, me parle de ses petits-enfants. Me dit combien c'est merveilleux les enfants, me précise *« qu'il n'y a que ça de vrai dans la vie. Sans les enfants on n'est rien du tout ma bonne dame ».* Et puis LA question arrive. *« Vous en avez combien vous des enfants ? »* Et là impossible de me contrôler, ça sort tout seul, je réponds : *« J'en ai une, une petite ».*

La honte... C'est la fin de tout, me suis-je dit, si je mens sur ma maternité à des blanchisseuses inconnues. Pourquoi à ce moment-là n'ai-je pas répondu *« non, pas encore ».* Ce n'était pas compliqué à dire *« non ma petite dame, pas encore d'enfant, au revoir et bonne journée ».*

Je crois que ce mensonge avait pour but inconscient de faire partie du club. D'être normale. La joie sur le visage de cette dame en apprenant que j'étais comme elle, maman. Cela avait été agréable, une minute, d'être normale... Mais très vite, retour à la réalité, parce que mis à part que le fait de ne pas assumer est ridicule, ça n'est pas du tout stratégique de mentir !

Déjà, parce que, et je ne m'y attendais pas, une valse de questions avait immédiatement suivi : *« Ah ! C'est merveilleux, et quel âge ? Quel nom ? Elle parle déjà ? »*

Euh... deux solutions, je continue mon mensonge et je m'invente une vie ou je fuis en courant et je déménage...
« Alors, bah, elle a, euh..., quatre ans » (oui c'est bien ça quatre ans, c'est joli à cet âge-là !).
« Elle s'appelle Zoé (et pourquoi pas après tout) *et elle ne parle pas encore ».*

Silence…

Le visage ensoleillé de la blanchisseuse qui avait appris que j'étais maman s'était éteint d'un coup. « *Quatre ans et elle ne parle pas encore ?* »

Mince… Ma réponse paraissait bizarre, non seulement je m'inventais un enfant, c'était pathétique, et en plus je m'en inventais un attardé mental !

Ensuite, ce n'est pas du tout stratégique de mentir, parce qu'on en tire une horrible culpabilité du style : si ça se trouve, Dieu existe et va me punir de cet odieux mensonge et jamais je ne parviendrai à avoir un enfant...

Conclusion, surtout il faut assumer...

***

Des lectrices du blog ont écrit :
« *C'est tout à fait ça ! Moi aussi j'ai droit à la question "et vous c'est pour quand les enfants ?" par mes beaux-parents alors que ma belle-sœur en a fait trois en peu de temps !* »

« *C'est vrai, en plus tu as raison, il est évident qu'on peut être heureuse sans enfant, qu'on a du temps pour soi, pour notre couple. D'ailleurs, je suis heureuse la plupart du temps de ma vie. Mais je sens quand même qu'il me manque quelque chose... Évidemment, la vie peut avoir un sens ailleurs, mais j'avoue que pour le moment cette histoire de bébé est vraiment mon combat numéro un ! Et ça rend un peu dingo !* »

« Moi j'oscille, des fois pessimiste et triste, des fois positive... Je vire bipolaire. »

1ère partie : piquera ou piquera pas

À ce stade, la FIV mérite bien deux chapitres ! Parce que, quand même, c'est LE truc énorme à vivre.

Déjà, juste pour la préparation, on te fait passer une visite médicale complète et rencontrer un anesthésiste qui t'explique que tu as intérêt à avoir le cœur solide parce que tu auras le droit à la totale : anesthésie générale, intubation, alléluia !

En soi, ça ne paraît pas si dur. Trois semaines de piqûres effectuées par une infirmière chaque soir à heure fixe. Prise de sang tous les trois jours pour voir l'évolution du taux d'hormone dans le sang. Échographies à la même fréquence pour déterminer le nombre de follicules. Une fois tous les follicules bien dodus, tu passes sur le billard. L'opération dure vingt petites minutes, on te prélève les follicules et on les féconde, in vitro, avec les spermatozoïdes sélectionnés de ta douce moitié. Là, on te fait revenir, on t'implante un joli petit embryon de cinq cellules, tout frais, et on congèle les autres. Cet idiot n'a alors plus qu'à s'accrocher, c'est à la portée de tous les embryons, les doigts dans le nez !

Force est de constater qu'en pratique c'est fichtrement plus ardu que ça en a l'air...

1/ Trouver une infirmière qui accepte de te faire une piqûre chaque soir, y compris dimanche et jour férié... Pas si simple !

2/ Savoir apprécier la volupté de la douce piqûre, chaque jour pendant trois semaines, et voir ton joli ventre violacé par toutes ces piqûres. En option, cette impression étrange, quand l'hormone entre en toi, que tu vas tout vomir.

3/ On n'y pense pas, mais trouver les médicaments prescrits, rien que ça, c'est une énorme galère ! On ne m'y reprendra plus, mais je n'avais pas commandé tous les produits d'un coup. Je venais chaque semaine au gré du coup de téléphone de Bichat qui m'indiquait la dose à injecter pour le soir... À ne jamais faire, sauf si tu veux courir pendant deux heures pour trouver LA pharmacie qui a LE produit en stock.

4/ Savoir gérer son stress quand l'appel de Bichat ne vient pas, qu'il est 18 h et que tu ne connais pas la dose d'hormone à injecter pour le soir, et que, bien sûr, Bichat est totalement injoignable...

5/ Suivre un emploi du temps de dément (heureusement, mon employeur est le plus compréhensif du monde et me permettait de finir plus tard) où tu arrives au bureau à 11 h, trois fois par semaine, en sueur et crevée d'avoir couru dans tout Paris.

6/ Faire face à des trucs improbables comme les pannes de l'unique fax du service. En effet, les résultats des analyses sont à faxer après chaque examen dans l'espoir de recevoir l'appel du soir. Sauf qu'une fois sur deux il est en panne, ou pire, l'accusé de réception qui reprend la 1ère page envoyée (ou apparaissent en gros ton nom et l'objet du fax...) s'imprime avec retard et en ton absence... Et là, on voit arriver dans son bureau un collègue qui tend, l'air gêné, le fameux document...

Bien sûr, le tout en ayant bien en tête les derniers mots de ton docteur adoré : « *Surtout vivez normalement, n'y pensez pas, moins vous penserez au traitement, plus il a de chance de marcher* ».

Comme vous l'imaginez, je n'ai pensé, évidemment, qu'à ça, chaque minute, pendant trois semaines...

Mais le mieux reste le jour de la ponction...

***

Une lectrice du blog a écrit :
« *Pour nous, exactement la même chose ! Sauf que les piqûres, c'est moi qui les faisais (cela fait un peu moins mal, moins de bleus et tout aussi efficace).* »

2ᵉ partie : peut-on arrêter de m'envoyer des stagiaires ?

Le jour J : nous sommes le 20 février 2011.

J'arrive avec ma douce moitié à 7 h du matin devant l'hôpital.

Nous signons quelques documents qui déchargent l'hôpital en cas de décès (parfait, ça me rassure) et on me demande de me déshabiller dans une petite chambre pendant que Sidi va remplir d'autres papiers (ils veulent quoi en plus ? Que je choisisse déjà mon cercueil ?).

Je m'installe confortablement dans le lit tout bleu de la petite pièce obscure. Je fixe comme je peux les nœuds dans le dos de ma blouse en tissu spécial opération, et je mets de très jolis bas de contention blancs (après réflexion, je pense que l'objectif est, si les maris sont présents, d'être bien certain de leur couper toute envie de nous faire un enfant par moyen naturel !). J'attends une bonne heure à compter les taches sur la peinture murale.

Vers 9 h, une infirmière vient descendre mon lit pour l'opération. Je suis un chouia relaxée par le cachet qui m'a été donné un peu avant (« *ça va vous détendre* », m'avait-elle dit l'œil retors), mais pas assez pour ne pas commencer à avoir sacrément peur.

On me dépose dans un couloir tout blanc, devant une porte. Je suis livide. J'aimerais m'enfuir, mais on m'a posé une perfusion (d'ailleurs, ce n'est pas très agréable ça non plus) et je me demande si c'est risqué de l'arracher avec les dents. Un médecin vient, remplit des documents, fait je ne sais plus quoi tandis que j'échafaude un plan pour quitter le couloir par la bouche d'aération. Il me sent un peu tendue, sans doute, alors il me fait des blagues improbables. Les blagues sont minables, mais, dans le doute que ce soit lui qui opère et pour ne pas le vexer, je m'esclaffe comme une folle... Tandis que lui me regarde l'air inquiet pour ma santé mentale.

Finalement, on me dépose au bloc, tout va très vite. Je suis couchée. Je ne vois qu'une lumière très forte et blanche au plafond. J'entends une dame me demander si c'est la première anesthésie. Je suis trop angoissée pour répondre et les mots s'étouffent dans ma gorge. Celui qui semble être le grand chef demande à une jeune fille si c'est sa première intubation et elle lui répond que oui.

Là, minute de silence...

ON SE FICHE DE MOI ? Non, mais, on m'envoie des stagiaires !

Je refuse que cette nénette de quatorze ans touche à ma gorge ! J'ai envie de crier « *lâche ce tube, que cette stagiaire lâche ce tube !* », mais je suis trop effrayée pour parler.

On me met un masque sur la bouche et on me demande d'inspirer. Je n'y arrive pas. Le masque m'empêche de respirer. Je vais sans doute mourir ici, tout de suite, asphyxiée par un masque de respiration, un comble ! Finalement non, il semble que je ne meurs pas et un monsieur en blouse blanche prend mon bras. Il me demande si ça pique. Je fais non de la tête. La lumière m'aveugle et le masque me fait suffoquer. L'autre folle avec son tube est au-dessus de ma tête. Je transpire à grosses gouttes. J'entends « 1, 2, 3 » et puis plus rien...

J'ouvre les yeux dans la salle des réveils.

***

Une lectrice du blog a écrit :

« Tu as réussi à me faire rire sur ce sujet si douloureux. Tu sais, je ne parle que très peu de ce que nous vivons mon chéri et moi, et le plus souvent à des personnes qui elles aussi ont connu ce type de difficultés. Peur du jugement, un peu de honte de se sentir différente, diminuée... et surtout pas envie d'entendre des réponses toutes faites et inadaptées... J'ai l'impression que peu de gens sont capables de comprendre ce qui nous arrive et d'envisager notre souffrance, alors je n'en parle pas. J'ai envie de dire à tous ces gens "VOILA ce que nous vivons !" »

Transfert d'embryon et petits symptômes

En fin de compte, personne n'est mort, ce qui est assez rassurant. J'avoue que l'opération m'a un peu éprouvée. J'ai quelques douleurs au cou que je pense dû à la stagiaire au tube et je ressens une grosse fatigue.

Le lendemain, un appel m'indique qu'on m'a prélevé dix follicules, cinq ont été fécondés, ce qui est correct. On va donc en congeler quatre et m'implanter un embryon tout frais le lendemain matin. Je demande immédiatement pourquoi on ne m'en implante pas cinq, tant qu'à faire. Mais la jolie voix, au téléphone, m'indique d'un ton sec qu'il ne faut pas exagérer, je ne suis pas Céline Dion !

Donc un embryon sera transféré avec 15 % de chance d'implantation et donc de grossesse. C'est mince. Mais je suis heureuse quand même.

Le jour de l'implantation, je retrouve mon Docteur O. qui, très gentil, me demande comment je vais. Décidément, c'est le meilleur médecin qu'on ait eu depuis le début de notre aventure. Il me dit que notre embryon est une « top cellule », à savoir de très bonne qualité. Il semble content. Tout est parfait. L'implantation est indolore et dure deux minutes. En sortant, il me dit de nouveau : « *Surtout vivez normalement, n'y pensez pas* »... Oui, c'est cela, bien sûr Docteur, vous me connaissez, ce n'est pas mon genre de m'emballer... Cette fois-ci c'est absolument certain, je ne peux pas avoir la poisse à ce point-là, c'est sûr je suis enceinte ! D'ailleurs je le sens.

Et c'est vrai que je le sens. Une part est sans doute psychologique, mais je sens une réaction dans mon corps. J'ai quelques vertiges, j'ai un peu mal au bas du ventre. Bien sûr on m'avait prévenue, c'est traître une hormone. Je prends encore, deux fois par jour, ma dose de progestérone pour aider l'embryon à s'implanter. Et sur la notice il est bien indiqué que ce médicament peut provoquer des sensations à ne pas confondre avec une grossesse. Oui, mais moi mon cerveau n'entend pas. Je n'entends plus rien. J'y crois trop. Je suis enceinte, c'est sûr !

Je me transforme alors en maman poule. Ça fait pas mal rire mon chéri qui, du coup, ne me laisse même plus porter un sac de course. Dans le doute, mieux vaut être prévoyant.

Évidemment, personne n'est enceinte, en tout cas absolument pas moi. Après deux semaines, force est de constater que si j'ai repris un kilo c'est à cause de tous les cookies que je mange et pas du tout à cause de l'embryon. D'ailleurs, quand on y pense, ce serait inquiétant si on prenait si vite du poids. Un embryon géant, quelle horreur ! Donc pas de grossesse, je n'ai plus qu'à me remettre à porter mes sacs de course. Le seul truc agréable c'est que je peux recommencer à boire avec les amis, mais soyons honnêtes, cela ne me réconforte pas du tout.

J'étais tellement certaine d'être enceinte, que, quand le laboratoire me donne le résultat négatif de ma prise de sang, par téléphone, je pense immédiatement à une erreur. J'avais déjà vu ça dans un télé-film sur la 6. Puisque c'était déjà arrivé à Kimberley, pourquoi une telle erreur ne pouvait pas m'arriver ? Mais non, pas d'erreur. 32 ans. Toutes mes dents. 6 ans de galère et toujours pas d'enfant.

Bizarrement je ne pleure même pas. Je suis tellement fatiguée par tout ça. Je crois que je suis au bout de mes forces. Je me suis épuisée dans mes six ans de combat. Et maintenant je suis lessivée. Même pas la force de pleurer...

Une infirmière me téléphone et me conseille de rester positive. Il reste quatre embryons congelés. Rien n'est perdu, me dit-elle, et elle raccroche. Je reste seule avec mon combiné de téléphone dans la main et j'ai juste envie de dormir.

Juste dormir...

***

Des lectrices du blog ont écrit :
« Je me reconnais parfaitement dans tes mots et dans ton combat, dans nos soirées entre amis avec alcool pour faire semblant que rien ne manque. Je suis en FIV également et c'est dur. »

« Je suis en ce moment en plein "psychotage". J'ai fait mon trans-fert FIV1 la semaine dernière et depuis je ne bouge quasiment plus de la maison. C'est dingue, je n'en dors plus en ce moment. Trop peur que ça ne marche pas ! J'ai l'impression moi aussi que j'ai tous les symptômes : gros nénés depuis une semaine (trop cool), ventre ballonné (oui, vous me direz : arrête les haricots !), des douleurs dans l'utérus, etc. Alors je me dis ce n'est pas possible que ce ne soit pas bon signe ! Mais c'est peut-être que dans ma tête ? »

Où commence l'acharnement...

C'est la question qui me turlupine en ce mois de juillet 2011 alors que je commence à écrire le blog.

Depuis l'échec de notre 1ère FIV, nous avons fait deux autres transferts avec les embryons congelés, mais à chaque fois des échecs. Le dernier était en début de semaine, c'est pour ça que j'ai eu envie de commencer ce blog pour partager mon expérience avec mon entourage qui parfois ne sait plus très bien où j'en suis de mes histoires de bébé, et surtout échanger et rencontrer d'autres couples qui vivent la même galère.

Le truc qui m'embête, c'est que la vie continue, très souvent heureuse, avec plein d'autres choses qui la remplissent. Des projets de déménagements, des mariages d'amis, des belles soirées... Mais quand même quelque part, tout au fond, il y a toujours ce combat dans un coin de ma tête. Ça c'est un truc qui va me rendre marteau à force !

Du coup, la question se pose, où commence l'acharnement ? Quand décide-t-on, en toute conscience, qu'il est temps de lâcher l'affaire ? Temps de chercher un sens ailleurs que dans la maternité...

Tout près de moi, Sidi me dit de m'accrocher. Me rappelle que sa cousine a fait cinq FIV (truc flippant déjà !) avant de devenir maman. Il me dit aussi, d'une petite voix, de commencer à voir du côté de l'adoption. Il a raison, le plus rationnel est de commencer à préparer l'étape suivante. Dans mon métier, je passe mon temps à expliquer aux gens que j'accompagne qu'il faut réfléchir à l'avenir par étape, fixer des délais, des objectifs. Mais là je suis un peu perdue sur la suite à mettre en place.

L'adoption... Tout de suite ? Ça me paraît une étape tellement compliquée que j'ai du mal à y songer sérieusement. Pourtant, le concept me plait, peu importe après tout de porter un enfant, un petit Chinois un peu cabossé par la vie (comme nous, remarquez !) aura autant besoin d'amour.

L'entourage est mitigé. On me conseille à mi-mot de continuer, c'est trop tôt pour arrêter. On me susurre d'adopter, il serait temps de passer à la vitesse supérieure. On me dit l'inverse, l'adoption ? Quelle galère, les enfants sont tellement traumatisés qu'ils finissent en prison (sympa... Me faire penser à changer d'entourage...).

On me répète souvent cette légende urbaine un peu culpabilisante qui veut que dès que la femme s'est détendue, et alors qu'elle avait perdu tout espoir de concevoir un enfant, elle est tombée, comme par miracle, enceinte (je veux bien, moi, me détendre. Je n'attends que ça !).

Parfois on ne me dit presque rien, on m'écoute en picolant et on dédramatise en plaisantant sur tout ça. C'est peut-être ce que je préfère quand j'y pense...

Enfin, conclusion, je suis un peu perdue. Et mon chéri aussi.

Notre gentil Docteur O. lui est très clair, c'est bien trop tôt pour arrêter ; une seule FIV, non, mais vous plaisantez ?! Bon au moins il a un avis…

Mais quand même Kimberley, dans ma série, elle ne s'était pas acharnée comme ça la blondinette. Elle avait fait trois piqûres, s'était remaquillée avec son beau rouge à lèvres, avait remis en place son tailleur Chanel tout en s'injectant dans son fessier musclé une dernière lichette d'hormone (souple la nana !) et puis basta ! Quand elle avait appris que ça n'avait pas marché, de la bouche du beau docteur au regard de pervers sexuel, elle avait directement adopté un petit Mexicain. La procédure avait été longue et difficile : TROIS SEMAINES !

D'ailleurs, j'étais pas mal jalouse parce que le petit Mexicain en question avait crié « *maman* » dès qu'il l'avait vue et puis il avait fait des études brillantes. Elle s'en était drôlement bien sortie elle, alors pourquoi pas moi ?

***

Des lectrices du blog ont écrit :
« *L'acharnement commence quand l'envie n'est plus là. Suis ton instinct, écoute ton corps et laisse-toi le temps de réfléchir sur les options existantes ! Moi aussi l'adoption me pose question... mais ça peut changer, on verra bien.* »

« *Quel témoignage ! J'ai moi-même un parcours PMA derrière moi (3 IAC, 1 FIV et 1 TEC) et même si aujourd'hui j'ai l'immense chance d'être enceinte de six mois, je me retrouve totalement dans tout ce que tu écris. La question de l'adoption est légitime, mais si ton ami et toi n'êtes pas prêts à faire le deuil d'un enfant biologique* » *alors je vous encourage à foncer vers les autres FIV qui s'offrent à vous ! Tant qu'il y a des tentatives, il y a de l'espoir... Quelqu'un disait "ce qui ne nous tue pas nous rend plus fort", ce dicton m'a beaucoup aidée ces dernières années... »*

« Je me sentais si seule, et je n'ai jamais réussi à avoir de témoignages de ce que je vivais. Cela fait huit ans que j'essaie d'avoir mon bébé, mais hélas encore un échec. L'embryon transféré n'a pas tenu ! Je me suis beaucoup retrouvée dans ce que tu as dit. »

« Je veux juste partager mon expérience : six ans de combat. 5 IAC, 5 FIV, 3 TEC, 2 fausses couches et le 12 avril 2010 mon test de grossesse est positif. Je suis aujourd'hui maman et heureuse. Courage à toutes. »

« L'adoption, c'est un autre combat, il faut bien l'avouer. La démarche n'est pas simple, ni psychologiquement, ni administrativement. Une seule chose, il faut être prêt dans sa tête, sinon ça ne sert à rien de se lancer. »

Le sachet

Affairée dans ma cuisine parisienne à préparer le repas du soir, je repense à un voyage qui aurait pu tout changer. Si nous avions utilisé le sachet les choses auraient-elles été différentes ? Aujourd'hui, j'aurais peut-être un enfant qui babillerait dans sa chaise haute…

J'ai couvert ma tête d'un voile de coton supposé me protéger d'une insolation. Je ne tiens pas particulièrement à être bronzée et surtout je déteste les coups de soleil. Ma peau ne semble pas être du même avis et a une fâcheuse tendance à rougir dès qu'elle croise un rayon UV. Il est à peine 11 heures. La température avoisine déjà les 40 degrés et l'humidité de l'air est à son paroxysme. On respire difficilement dans la moiteur ambiante.

Perdus dans un marché en plein cœur de l'Équateur, nous déambulons au ralenti au milieu des badauds. Les odeurs sont trop fortes et je dois souvent m'enfouir le nez dans mon voile pour empêcher les haut-le-cœur.

Les premières allées étaient plaisantes. Tout était bruyant, coloré et odorant. Mais très vite, le marché aux fleurs avait laissé sa place aux étals de viandes. À même le sol, sur des nattes poussiéreuses s'exhibaient de gros morceaux de bœuf ou de porc. Les mouches se régalaient et les effluves de chair en décomposition étaient saisissants.

Au détour d'un petit chemin, une giclée de sang s'était répandue sur le bas de mon pantalon. On égorgeait une poule rousse qui, tétanisée sous la douleur, ne criait même plus. La puanteur m'entourait plus vive à chaque minute et j'avais dû demander à mon chéri de partir très vite avant de tourner de l'œil.

Assise sur le sol, un peu plus loin, à l'ombre d'un immense ficus, je reprenais mes esprits en buvant une gorgée d'eau quand une vieille dame au regard inquisiteur et à la peau froissée s'est assise à mes côtés. Elle avait le faciès de ce qu'avaient pu être, dans mon imagination, les premiers Incas. Elle ne me lâchait pas du regard. Impossible de me soustraire aux petits yeux noirs pourtant à peine visibles sous la lourde frange de sa coiffure. De chaque côté de sa nuque partaient de longues tresses sombres maintenues par des rubans fatigués.

Sans me dire bonjour et dans un espagnol haché, elle m'a demandé si j'avais des enfants. Surprise par sa question, je n'ai pas répondu immédiatement. Elle voyait bien que Sidi et moi étions les deux seuls touristes du marché. Elle a repris, toujours en me fixant : « *Tienes niños ?* »

J'ai souri en comprenant qu'elle ne partirait pas sans savoir et j'ai fait signe que non de la tête. Elle m'a alors tendu un petit sachet en me disant « *Para hacer niños* ». Elle a posé son sachet près de moi et a souri. Comme elle ne partait pas, je lui ai déposé quelques pièces dans la main et elle s'est levée sans un bruit en ajoutant, comme pour dire au revoir, « *funciona bien !* »

Un peu plus tard, à la terrasse d'un café, confortablement assis à siroter une boisson glacée nous ne cessions de parler de la vieille. La scène avait été tellement surréaliste que nous ne parvenions pas à l'oublier. Pourquoi nous avait-elle choisi, nous, pour vendre son sachet ? Elle ne pouvait pas savoir que nous tentions depuis déjà deux ans d'avoir un bébé. Le hasard ? Sans doute...

Je suppose qu'en voyant deux touristes, la trentaine et sans enfant, elle avait tenté sa chance. Peut-être même que si nous avions prétendu avoir des enfants elle nous aurait expliqué que le contenu du sachet servirait à les rendre sages. Ou à faire un garçon si nous n'avions qu'une fille... Qui sait ? En tout cas la coïncidence était troublante.

Dans le sachet, il y avait quelques morceaux de racines terreuses. Nous ne savions ni le nom, ni l'utilisation de celles-ci, alors nous les avons jetés en riant.

Je suis encore dans mes pensées quand Sidi entre dans la pièce. Il me questionne sur mon humeur et cherche à savoir à quoi je pense. En lui remémorant la vieille Équatorienne, il éclate de rire et me dit que l'envie de bébé me rend trop naïve parce que je serais probablement morte intoxiquée dans un hôpital d'Amérique du Sud si je n'avais pas jeté le sachet. Il a raison bien sûr... N'y pensons plus... L'infertilité rend zinzin !

En remontant la couverture vers mon visage, juste avant l'extinction des feux, mon regard se pose sur un bibelot coloré que nous avions rapporté de ce fameux voyage. Il est moche et je ne comprends pas pourquoi Sidi refuse de le jeter depuis tout ce temps. Je le lui demande et il me répond sur un ton péremptoire que jamais nous ne le jetterons parce que la légende dit que c'est un porte-bonheur.

Quoi ? Je suis donc crédule avec ma racine d'aide à la fertilité, mais lui est sain d'esprit avec son bibelot magique ?

Je le savais ! Jamais je n'aurais dû jeter les racines ! Les hommes sont vraiment incroyables !

***

Une lectrice du blog a écrit :
« En voyage en Égypte, j'ai fait douze fois le tour d'une statue qui soi-disant exauçait nos rêves de maternité... »

Bipolarité sévère

Quand je repense à cette 1ère FIV et aux 2 TEC qui ont suivi, maintenant que j'ai un peu repris le dessus, j'ai le sentiment que ce n'était pas si compliqué.

On devient fort, je pense, à force de combattre depuis tant d'années. Une vraie petite cuirasse qui recouvre ma fine peau blanche. Soit j'ai un syndrome d'amnésie, soit mon cerveau efface au fur et à mesure la difficulté de chaque étape parce que, vraiment, je me sens prête à en découdre encore une fois avec la stagiaire à l'intubation.

Parfois, entre deux étapes *musclor* où je me pense invincible et je sens qu'un jour ça va marcher, je m'effondre. Je me lamente, je larmoie... Je suis pathétique à chouiner en écoutant du Céline Dion (cette gourgandine qui a réussi à avoir ses jumeaux à 45 ans !). Pas vraiment que j'aime cette chanteuse, mais elle est devenue mon modèle dans la vie, si elle l'a fait pourquoi pas moi... Pathétique je vous dis...

Un jour hyper positive, le jour d'après je suis trop sensible... Bipolarité aggravée me susurre le Caliméro toujours niché dans un coin de ma tête. Par exemple, ma dernière échographie, juste avant la FIV.

Une dame de cinquante ans d'une gentillesse inimaginable. Une voix douce. Un regard empathique. C'est un peu bouleversant. Elle m'installe sur son petit fauteuil, met de la musique, compte mes follicules en s'excusant d'appuyer trop fort (et de m'arracher un ovaire au passage). Je ne lui en veux même pas. Je suis envoûtée. Je suis tombée en amour. Une petite voix. Un mot gentil. Elle me demande comment je vis cette épreuve. Je trouve ça incroyable qu'un docteur s'intéresse à ça. Je lui fais le récit bref de mes aventures avec humour. Je la fais rire et ça me fait plaisir. Je suis positive, combattante. Un vrai petit soldat. Je me sens invulnérable, là, couchée sur ce fauteuil, avec cette échographe qui m'écoute en comptant la taille de ma muqueuse utérine.

Et puis la minute d'après, je suis debout, elle me tend la main et me souhaite bonne chance pour la FIV qui aura lieu 3 jours après. Elle me dit qu'elle va penser à moi, qu'elle y croit et que si ce n'est pas pour cette fois, ce sera pour la prochaine. Elle me demande de lui donner des nouvelles et me sourit en plantant son regard bleu acier dans le mien.

Et là... craquage. L'armure se fendille.

Je ne sais pas pourquoi à ce moment-là. Dans ce couloir devant la salle d'attente. Moi qui avais si bien tenu mon rôle de bon petit soldat rigolo et courageux pendant mon rendez-vous. J'ai les larmes qui montent. Trop de gentillesse d'un coup peut-être. J'ai honte. Je ne sais pas pourquoi je suis si fragile d'un coup. Moi qui aime maîtriser les choses. Je ne maitrise tellement rien dans cette histoire d'infertilité... J'écourte la fin du rendez-vous. Je fonce dans l'ascenseur et j'éclate en sanglots.

Ridicule. Il va vraiment falloir que je m'endurcisse encore, je me dis, en me demandant si je ne devrais pas acheter ces petites boules sucrées aux plantes qui ont, soi-disant, des vertus apaisantes... Dans la rue, vers le métro, la crise est passée. La seule trace est celle de mes yeux un peu rouges façon lapin de garenne. Je peux reprendre mon rôle de dure à cuir.

Même devant Sidi, des fois, je joue la superwoman que rien n'atteint. Pas toujours, heureusement... J'étais tellement certaine que la 1ère FIV marcherait en début d'année, que j'avais prévenu deux amies de la date. On a plaisanté ensemble. J'ai reçu des SMS d'encouragement. Elles étaient intéressées et encourageantes. C'était parfait. Et puis à la lecture du résultat négatif, impossible de les appeler. Je ne savais pas quoi dire. Pas envie d'avoir à leur dire *« ce n'est pas grave les filles, je tiens le coup, la prochaine fois sera la bonne »*.

Pas envie de les rassurer. Trop fatiguée pour ça. J'ai envoyé un SMS en disant que j'appellerai plus tard. Mise à distance réussie. Je suis toute seule avec mon chéri pour pleurer (si j'en ai la force) et je préfère ça.

Pas facile quand même toute cette histoire d'infertilité... Il faut vraiment gérer des tas de paramètres qui n'apparaissent pas dans la brochure de l'hôpital « PMA de BICHAT, marche à suivre »...

***

Des lectrices du blog ont écrit :
« Tu n'as rien d'anormal dans ton comportement. La PMA c'est un peu comme les montagnes russes : de l'espoir puis des échecs et de nouveau de l'espoir. Je me reconnais dans tout ce que tu as écrit. »

« Je crois lire ma biographie ! C'est dingue ! C'est vrai qu'on devient barjo par moment. Ça me rassure de lire que je ne suis pas la seule et que ça ne vient pas que de moi ! »

La sécu c'est bien, en abuser...

Un déménagement ça n'a l'air de rien. On était tellement heureux en signant la promesse de vente. Propriétaires ! Quand même ce n'est pas rien ! Certes on n'est pas foutu de repeupler ce monde, mais au moins on est propriétaires ! Force est de constater qu'il n'y a absolument aucun rapport entre ces deux éléments (propriété et bébé), mais que voulez-vous, dans un cerveau atteint par la folie du combat de l'infertilité, tout, de près comme de loin, à un rapport avec les bébés !

Donc, on se dit qu'un déménagement dans un joli F2, après huit ans de vie de couple à vivre dans des studios, ça va être la folie ! On risque même de se perdre dans l'immensité du nouveau lieu. On va peut-être devoir mettre en place un système de rendez-vous pour se retrouver pour les repas. C'est la grande aventure (je ne précise pas que pour devenir propriétaires, on a dû sacrifier notre beau Paris pour aménager en banlieue, parce que, ça, on ne l'a pas encore totalement digéré...).

Surtout, il y aura une chambre. Tout couple s'y projetterait pour en faire un lieu de déperdition lubrique. Mais pas moi. Moi, je la vois déjà rose poudrée pour une petite fille, ou vert d'eau pour un joli garçon. Non Marie, respire... Ne t'emballe pas... Tu n'as aucun enfant à mettre dans cette chambre pour le moment alors, reprends-toi.

Quand la vie nous joue des tours, on doit trouver des substituts de projet. Puisque l'enfant se fait attendre, alors le déménagement est un projet qui occupe l'esprit. C'est une étape positive. Parfait pour moi. On avance dans la vie.

Sauf que rien ne nous éloigne jamais trop de notre combat... Il se rappelle à nous à tout moment... C'est donc ainsi, le nez plongé dans nos préparatifs de déménagement, que la prise de conscience est arrivée : déménagement donc nouveau centre, donc nouvelle demande de prise en charge pour notre 100 % infertilité à la Sécurité sociale...

Et c'est reparti ! On l'avait oubliée celle-là, mesdames et messieurs, on reprend le grand cirque de l'administration ! Sortez les carabines et les clowns du spectacle, on repart pour un tour de piste !

Parce que, si un médecin peut vous enquiquiner, si une infirmière prête à vous enfoncer une aiguille dans la cuisse peut vous faire peur, rien ne vaut la terreur que nous avons développée pour la Sécurité sociale.

À la belle époque, pour la 1ère demande de prise en charge à 100 % infertilité, en 2009, juste avant la 1ère insémination, notre copine la sécu avait déjà mis cinq mois avant de répondre. Nous avions dû payer nous-mêmes tous les médicaments. Ingérable !

Puis, début 2011, quand nous avions demandé un renouvellement de la prise en charge 100 %, notre bonne vieille amie SS, pour les intimes (SS... Très bien choisies comme initiales pour une institution rigide comme une armée...) avait dit oui, immédiatement, mais uniquement pour mon chéri. Moi je n'avais rien reçu. Pas le moindre document. *« Une perte de papier ma bonne dame »*, m'avait-on informée après quatre relances et huit coups de téléphone.

J'avais finalement dû menacer de m'enchainer devant la porte d'entrée de leurs locaux pour réussir à convaincre la gentille dame de l'accueil de me sortir un imprimé écran pour justifier de la prise en charge et ne pas avoir à payer de ma poche les médicaments (très onéreux) pour la FIV.

Et là, c'était reparti pour un tour... Changement d'adresse et donc de centre de Sécurité sociale...

L'angoisse qui monte en nous... Réussirons-nous à avoir ce document à temps pour la seconde FIV de novembre ?

Un grigri pour s'assurer que tout ira bien ? Nous y songeons…

***

Une lectrice du blog a écrit :
« Argh… Tu me fais penser à mon renouvellement qui approche ! »

Et nos hommes dans tout ça ?

Juste une question... Et nos hommes dans tout ça ?

En 2009 nous avions vécu une crise dans notre couple. Nous avions sauvé les meubles, et réappris, tout doucement, à « *nous aimer comme avant* »...

Comme avant toute cette galère d'enfants et d'éprouvettes...

Mais c'est vrai que souvent, et en tout cas en ce qui concerne mon chéri, les hommes ne s'expriment pas énormément sur le sujet de ce combat qu'est l'infertilité. Ils nous soutiennent. Ils sont là, présents. Ils relativisent quand on est trop fragile. Ils donnent leurs combattants à la science. Ils sèchent nos pleurs... Mais quand est-ce qu'ils pleurent eux ? Sidi, lui, ne pleure pas. Il s'exprime peu sur le sujet. Il est là. C'est l'essentiel. Mais comment savoir si un jour, de nouveau, tout cela sera trop pour lui et qu'il craque ? Rester attentive... Certes...

Ce n'est pas si facile, quand même, quand on a de l'eau salée dans les yeux et qu'on est centrée sur soi parce que, après tout, c'est nous qui passons sur la table d'opération et pas eux... Comment font-ils, tous ces couples, pour gérer les temps de tempêtes ? Pour maintenir le cap ? Pour faire que l'amour soit le plus fort, toujours.

Et ne parlons même pas de ce qui est du maintien du désir, quand la sexualité n'a plus grand-chose de spontanée. Quand c'est le docteur qui établit la date du rapport, quand on pense être enceinte, après une FIV, tellement fort qu'on ne veut pas faire l'amour au cas où cela décrocherait l'embryon... Alors que personne n'est enceinte ! Pas facile quand même...

Est-ce qu'un couple en sort vraiment indemne ?

***

Des lectrices du blog ont écrit :
« C'est une vaste question... Mon chéri est aussi sensible que moi. Je me pose donc moins la question de repérer, ou non, son mal-être. Mais il faut rester vigilant. Ça peut détruire un couple c'est sûr... »

« Je ne sais pas si on peut en sortir indemne. Le désir est abimé. Il faut beaucoup en parler dans le couple, je pense. Mais c'est sûr que dans le genre pas sexy on ne fait pas mieux qu'une PMA ! »

« Très bonne question en effet... Nous n'en sommes qu'à notre début en PMA avec chéri et pourtant, le fait qu'il ne réagisse pas m'a déjà marquée... Notre couple en a beaucoup souffert. Pour exemple, lors de notre dernier rendez-vous avec le gynécologue nous traversions une période de crise. Comme s'il l'avait senti, le docteur nous a indiqué que la PMA était un parcours éprouvant et qu'une certaine fatigue psychologique était fréquente, qu'il fallait faire attention à notre couple... il n'y avait pourtant pas de boule de cristal sur son bureau... »

« *Pareil, au début, mon homme ne parlait pas, il était à mes côtés, me soutenait, séchait mes larmes quand on apprenait encore et encore que c'était négatif. Mais on ne parlait pas. Lorsque, pour notre 1ère FIV, on nous a annoncé qu'il n'y avait rien à transférer alors là, il s'est fissuré, complètement. Les grandes eaux (faut dire qu'on n'avait pas pensé à ce cas de figure). On a beaucoup parlé, de nous, de notre couple, de notre vie. Il est allé voir une thérapeute, parce qu'il avait du mal à me parler de peur de rajouter à ma tristesse.* »

« *Les piquouses, les échecs, les pleurs, la culpabilité, la super libido... vive la PMA !* »

Poisse et psychologie

Je rentre du travail. Je me prépare un petit thé vert pour le zen. La tasse est fumante. Je bois une gorgée, mais je m'étouffe et le liquide à 90 degrés irradie dans ma bouche. C'est quoi cette histoire de boire des feuilles desséchées !? Ça ne me déstresse pas du tout et en plus j'ai une brûlure au 5e degré ! Je me relève donc. Je m'ouvre une canette de coca zéro – emballage pas écolo, mort à petit feu à cause des sucres chimiques, caféine qui file de la tachycardie...

C'est parfait ! Enfin je me détends.

J'hésite à ouvrir un sachet de chips, mais la vision de mon porte-clés WW sur la porte d'entrée me dissuade. Je pose donc mes pieds sur la table basse en bois d'ébène noir (ma douce moitié me dit que c'est du plastique noir Ikéa, mais il n'y connaît rien). Et j'ouvre mon *Psychologie magazine*.

Et là, LE sujet : *« comment gérer sa culpabilité et lâcher prise ? »*

C'est pour moi. Le dieu des rédacteurs en chef de magazines féminins a donc un œil protecteur sur moi. Je fais un petit remerciement de la main en direction du plafond et j'entame la lecture.

En gros, il est écrit que la culpabilité vient d'un symptôme de toute puissance (mince...). Nous pensons maîtriser les choses de la vie alors qu'on ne maîtrise rien. Nous pensons que nous devons faire quelque chose pour améliorer une situation et comme on n'arrive pas à faire ce quelque chose on culpabilise. On doit accepter son impuissance et lâcher prise. La culpabilité devrait alors disparaître.

Ça ne me paraît pas idiot... Je culpabilise de penser constamment à faire un bébé alors que les médecins disent que si on lâche prise, qu'on se détend, alors il viendra plus facilement. Je veux faire quelque chose pour améliorer ma fertilité, je veux arrêter de penser à mon utérus et, évidemment, je n'y arrive pas. Donc je culpabilise...

C'est un génie cette journaliste ! Certes, ça ne me donne pas les clés du succès... Mais quand même, arrêtons de nous culpabiliser, lâchons prise...

IHHHHHHHH (inspiration)
FUUUUUUUUUUU (expiration).

Encore une petite lichette de bulles américaines toxiques et je continue l'article. Ma nouvelle meilleure amie journaliste explique que dans la vie le pire est de se sentir victime (Ah bon ?... Pourtant je suis une victime de l'infertilité me susurre le Caliméro de mon esprit...). Elle explique qu'on n'est victime de rien, il n'y a pas de fatalité qui s'acharne sur nous. La vie est comme ça, pleine d'aléas, c'est tout. Il faut l'accepter. Entre nos mains, nous avons la capacité de positionnement qui est l'essentiel. Face à un événement qu'on considère injuste comment se positionne-t-on ? En victime ? En combattant ? (J'entends la musique de Rocky dans ma tête... Évidemment elle a raison, il n'y a pas d'injustice, rien ne sert de se lamenter, je suis une combattante !).

C'est marrant, des fois, comme une petite lecture et un bon coca suffisent à vous booster... Pleine d'entrain, je saute alors dans mon maillot de bain, je prends mes lunettes de piscine et une super serviette à séchage express (que c'est beau la technologie !) et je sautille vers la piscine de la porte des Lilas tout près de chez moi. Je monte les escaliers 4 à 4, bien décidée à montrer à la vie que je suis une winneuse, une dure à cuir, que rien ne peut m'abattre et je plonge dans la jolie piscine au ciel transparent.

Et là, j'entends un crac... Mon dos vient de me lâcher ! Je sens la chaleur monter de mes reins, et je peux vous assurer qu'il ne s'agit pas de tension sexuelle ! Je ne peux plus bouger ! Mamie Marie vient de faire son entrée en piste ! Quelle poisse ! Je rampe jusqu'à la cabine de change et je me roule jusqu'à l'appartement. Je jette LE *Psychologie magazine* à la poubelle, j'ouvre les draps et je me couche en pensant que, décidément, le sort s'acharne et qu'il y en a marre de toute cette poisse, rien ne va et la vie c'est nul...

Tout est bien une question de positionnement dans la vie, c'est ça ?

***

Des lectrices du blog ont écrit :
« Je suis comme toi. Des fois je me sens "reboostée" et des fois à plat. C'est un peu dur cette histoire de toute puissance quand même... Mais c'est vrai qu'on doit lâcher prise ».

« Cette histoire de "lâcher prise" est bien belle, mais comment faire en vrai ? »

Congèlera... congèlera pas...

Mon prochain rendez-vous avec mon gentil Docteur O. est le 26 août et j'envisage de lui faire part d'une réflexion. Mais quand j'ai abordé le sujet avec ma douce moitié, elle est tombée dans les pommes, ce qui ne m'a pas beaucoup encouragée ! En même temps, je me dis que les hommes sont sensibles, c'est peut-être pour ça...

Donc, en février 2011, quand j'ai fait ma première FIV avec ma copine la stagiaire au tube, et ayant survécu à cette épreuve, on m'a prélevé dix follicules, ce qui a donné cinq embryons. Un tout frais implanté immédiatement, très joli me disait-on. Échec lamentable de l'implantation. Zut quel idiot cet embryon ! Ensuite deux TEC ont suivi (en mars et juillet) et à chaque fois le corps médical s'extasiait sur la beauté des spécimens en me les transférant... Mais pas plus de réussite ! On se fiche de moi, je pense...

Le truc, c'est qu'un embryon tout frais est plus résistant qu'un embryon décongelé me dit-on. Ça me paraît logique, à moi, qu'un coup de congélo ne fasse pas de bien à ma progéniture, mais bon...

Puisqu'il y a moins de chance d'implantation des mister Freeze, alors pourquoi ne pas refuser la congélation pour ne faire qu'une

implantation des embryons tout frais ? Suis-je claire ? J'en doute...
Le sujet est pour les seules spécialistes (nous les PMIstes !), c'est
ardu...

Reprenons et un peu de concentration dans les rangs !

Il y a environ 20 % de chance d'implantation avec un petit ziozio
tout frais (et ne me dites pas que c'est 15 % ça me déprime trop !).
Ça tombe à 10 % de chance, environ, avec un ziozio frigorifié. Alors,
autant n'implanter que des frais, non ?

Honnêtement, connaissons-nous vraiment des amies PMIstes pour
qui le TEC a fonctionné ? Je me pose la question...

Ma peur ? C'est que, au moins avec des embryons congelés, quand
la FIV fraîche ne marche pas, il nous reste encore un petit espoir. J'ai
peur que, sans bâtonnets glacés en attente, je risque d'être encore
plus angoissée du résultat de la 1ère implantation... Toute cette histoire
étant en train de retourner mes pauvres petits neurones, j'ai besoin
d'avis...

Peut-on sérieusement envisager de refuser la congélation des
prochains embryons ? Suis-je la seule dingo à me poser la question ?

***

Des lectrices du blog ont écrit :
*« Les TEC, ça marche ! IL Y A des bébés tout potelés issus de TEC !
Ça existe ! Alors oui c'est vrai certains font un peu la gueule en
sortant du congélo (en même temps j'aimerais t'y voir toi !), mais il
y en a des plus résistants qui s'accrochent quand même. »*

« *Pour la FIV, mon toubib ne m'a même pas posé la question et m'a refilé deux embryons d'office. En même temps, je n'en avais pas fait tellement plus...* »

« *J'ai une amie qui a eu son deuxième enfant après décongélation !* »

« *Je te rassure Marie, tu n'es pas la seule fada à t'être posée la question. Même si nous n'en sommes pas encore à la FIV, j'y ai aussi déjà pensé. Je ne sais pas si c'est vraiment rassurant vu que je ne suis pas complètement saine d'esprit avec cette histoire d'infertilité. Mais en lisant les commentaires, je pense bien que j'opterais aussi pour la congélation...* »

« *Je me suis déjà posé cette question. À la 2ᵉ FIV qui était en juin, j'ai exigé qu'on me transfère deux embryons. Résultat, des jumeaux...* »

« *Pour tout avouer, j'ai un gros doute sur le TEC même si j'ai ma meilleure amie qui a une petite fille grâce à un findus.* »

Va falloir que ça s'arrête !

Je me réveille avec le sourire.

Aujourd'hui, il ne pleut pas et, en ce mois d'août à la météo désastreuse, c'est déjà une bonne chose. Nous n'avons rien fait du week-end. On est restés lovés dans notre mini-studio. Nous avons regardé le catch (c'est ça une vie de couple : des concessions !). Randy Orton a gagné son match. On n'en sort pas plus intelligents, mais on s'est bien amusés, parfait ! C'est donc de bonne humeur que je me réveille, quand, tout en attendant que le pain chaud soit livré pour le petit déjeuner (livré par mon chéri ça va de soi), j'ouvre un journal d'investigation pour lire un article militant et engagé : « *la semaine des stars enceintes* » de *Closer*... Alicia Keys a un joli bidon, Mariana Lima (c'est qui celle-là ?) a un sourire idiot en caressant son mini-ventre de femme enceinte de six mois, Tori Spelling (mais si, rappelez-vous c'était les yeux globuleux de la série Beverly Hills !) attend son petit dernier, Penélope Cruz vient juste d'accoucher... Enfin bref, IL VA FALLOIR QUE ÇA S'ARRÊTE !

Ça, c'est un vrai truc compliqué pour moi... Comment ne pas devenir une vieille chose aigrie ? Parce que, à cet instant, en feuilletant mon magazine à scandale, je déteste vraiment toutes ces femmes enceintes ! Pire, je les envie... C'est pathétique...

Je commence à me plaindre, dès le retour de Sidi, de toutes ces femmes fertiles (et riches, et maigres, et toujours bien coiffées, même à la plage !), mais il n'est apparemment pas d'humeur parce qu'il m'arrache mon magazine en grommelant et me tend un *Marianne* qui titre sur la nouvelle acquisition de Lagardère (d'ailleurs vous avez vu ça ? Le quinqua millionnaire, ridicule avec sa bimbo de 24 ans ? Et en plus je suis certaine qu'elle est fertile comme une poule celle-là !).

Entre deux bouchées, ma moitié (pas toujours si douce...) me dit que je dois arrêter de lire ces trucs débiles qui m'attaquent les neurones... Il est gonflé quand même. Pleine d'arguments affûtés, je lui rétorque que certes, mais le problème n'est pas là ! Le problème c'est que je deviens blasée, désabusée, désenchantée ! Et si toute cette histoire de PMA me transformait en vieille peau ?

J'avais déjà constaté que j'aimais de moins en moins les enfants des autres... Mais si, en plus, je ne peux plus piffrer une femme enceinte... Les seules que je supporte à peu près sont celles que j'aime (mes amies) ou celles qui ont connu la galère de la PMA (un espoir...). Mais sinon, franchement...

ET EN PLUS J'EN VOIS PARTOUT !

Comment gérer son parcours de combattante de l'infertilité et, en même temps, toute cette société qui fait l'éloge de la maternité et nous exhibe, sans arrêt, des petits bidons fertiles sous le nez ?

Va falloir qu'on m'explique...

***

Des lectrices du blog ont écrit :

« Plaisante pas, moi aussi je déteste les femmes enceintes ! On devrait faire un club ! »

« Tu m'as tuée de rire. Je déteste les femmes enceintes, les pubs Blédina et compagnie. En plus elles me poursuivent ! »

« Justement on en parlait encore cet après-midi avec ma meilleure amie, les femmes enceintes (en dehors de celles qui ont galéré comme nous) et les bébés de moins d'un an sont priés de se tenir loin de moi jusqu'à nouvel ordre ! Il en va de ma santé mentale ! »

« Bienvenue au club, moi c'est pareil, j'ai beaucoup de mal avec les femmes enceintes. Je peste même en voyant certaines pubs à la télé où on voit des bébés et des femmes enceintes ! Et quand j'en vois une dans la rue, je l'insulte dans ma tête et je me dis "toi je suis sûre que t'as pas eu de mal à l'avoir celui-là !" Ça me rassure de voir que je ne suis pas la seule, j'ai parfois l'impression de me transformer en monstre depuis que je veux un enfant, et surtout depuis que je sais que je ne peux pas en avoir naturellement. »

« Pour moi, je rêve d'une liquidation judiciaire chez Vert Baudet, ça m'éviterait de croiser leur foutu catalogue tous les matins au bureau. »

Rêver c'est déjà ça

Déjà six ans d'attente de bébé. Six ans de galère. Je pensais que six ans ça n'existait pas, tellement c'est long !

Six ans, c'est quoi après tout ? Juste une date... Mais parfois je suis rêveuse, comme maintenant devant l'écran de mon ordinateur, confortablement installée sur ma chaise ergonomique de bureau.

Dans ces moments de rêveries, je me dis que je pourrais avoir un petit de cinq ans (enlevons, à la louche, une année de gestation). Vous vous rendez compte ? (Ah, bah, oui je suis bête vous êtes dans la même galère, vous vous rendez parfaitement compte !).

Il aurait 5 ans, il parlerait (je ne referais pas le coup du chapitre « faut assumer ma fille » !).

Si c'était un garçon, il se nommerait Amine. Si c'était une fille, on trouvait Lili joli. On passait notre temps à choisir des prénoms en amoureux, dans les premiers mois de nos tentatives.

Avis à toi amie lectrice : NE JAMAIS TROUVER UN PRÉNOM AU FUTUR BÉBÉ QUAND TU N'ES PAS ABSOLUMENT CERTAINE D'ÊTRE FERTILE COMME UNE LAPINE !

Je l'emmènerais à l'école le matin. Je lui achèterais des petits pains au chocolat pour le goûter, et comme il aurait un tout petit appétit, je pourrais finir en douce ses viennoiseries sans compter les calories (bah oui, c'est entamé par un autre, donc ça ne compte pas !). Le bonheur !

Je lui achèterais une petite salopette à carreaux bleue, et je prendrais la même en taille adulte pour son papa. Son papa aurait l'air complètement abruti, mais il serait tellement gaga devant sa progéniture, qu'il n'oserait pas refuser de la porter (AH AH !! *[Intonation sadique]* je me vengerai ainsi de toutes les fois où je lui ai dit amoureusement, mais non sans une pointe d'autorité : *« euh chéri... t'es certain de vouloir mettre ce tee-shirt Homer Simpson pour manger avec mes parents ce soir ? »*).

Je lui ferais des petites coiffures en tresses toutes jolies... S'il avait été un garçon ? Eh bien, tant pis ! Il aurait aussi porté des tresses (Attendez ! Après six ans de galère de PMA, il peut bien accepter de porter des tresses, non ?).

C'est sur ces douces rêveries, où je me délecte en lamentation sur mon triste sort d'infertile, que je me rends compte que, peut-être, si j'avais un enfant, il serait complètement déséquilibré avec une mère comme moi ! Ça fait peur, ça, quand même ! Peut-être que nos années de combat pour un enfant, d'avoir tant désiré, de s'être tant battues, ça va faire de nous des futures mères abusives et folles dingues !

À méditer...

***

Des lectrices du blog ont écrit :

« C'est drôle ! Et puis un peu triste aussi... moi il aurait trois ans si tout avait fonctionné comme prévu... »

« Conseil anti-dépression : ne jamais discuter des jolis prénoms qu'on aurait choisis si ça avait fonctionné normalement, sous peine de se les voir piquer ! C'est comme ça qu'on rêve de notre petite Zoé, avec une frimousse à croquer et des cheveux blonds et bouclés (genre Candy) et qu'on se retrouve avec une Zoé rougeaude, les cheveux châtains et filasses, fraîchement sortie de l'utérus de notre bonne copine qui trouve qu'on a bon goût en matière de prénom ! »

« 2ᵉ conseil anti-dépression : ne jamais s'inscrire sur le site pampers.fr quand on commence juste les essais et qu'on n'est pas certaine de sa fertilité, car ce foutu site te rappelle tous les mois par le biais d'une newsletter quel âge aurait ton bébé. Moral : boycottez toutes Pampers ! Moi j'achèterai des Huggies et toc ! »

« Chez nous il aurait trois ans et il y aurait aussi un numéro bis d'environ 18 mois, mais bon c'est comme ça. Sinon, c'est clair que parfois les copines nous en font voir de toutes les couleurs ! Avez-vous déjà dû "consoler" votre copine maman d'un petit gars de deux ans et demi puisqu'elle n'arrivait pas à avoir son numéro bis au bout de neuf mois d'essai ? »

« Complètement d'accord, ne jamais trouver le prénom avant. Notre fille se serait appelée Laure. On adorait. Mon mari a monté sa boîte ("son bébé") et je vous le donne en 1000, on s'est servi de Laure comme base pour le nom de la boîte. »

« Moi je suis maman et en fait, la mienne je la nourris de bretzel et p'tit mont-blanc au chocolat, beaucoup plus équilibré selon moi. Comme quoi après les PMA, une fois maman je suis à la hauteur ! »

« Je me régale de ton blog tous les soirs ! Et aussi grâce à vous toutes les filles et à vos commentaires ! C'est dingue comme on a, toutes, la même façon de penser et ressentir les choses ! »

Et pourquoi pas l'adoption...

Je pose le combiné du téléphone contre mon oreille. Mes doigts pianotent sur le bureau. L'air des Walkyries qui doit me faire patienter commence à me taper sur les nerfs. Déjà six minutes d'attente... Une voix féminine à l'accent ensoleillé des îles décroche enfin : « *La maison des adoptions de Paris j'écoute...* »

On y était enfin ! Après des mois d'hésitations, de discussions, de tergiversations, enfin la décision avait était prise, la veille, autour d'un plat de spaghettis. Assez rapide, en fait, la discussion.

Moi en servant la sauce : « *En fait Sidi, et si, pour pas mourir idiot, on commençait à se renseigner sur l'adoption ?* »
Lui en mâchouillant un morceau de tomate : « *Oui, OK, cool, je te suis. Tu m'apportes la moutarde ?* »

La dame du téléphone répète, d'un ton sec :
« *Oui j'écoute !* »
« *Bonjour Madame* (j'ai la voix tremblante d'angoisse, de celle qui part vers l'inconnu) *avec mon ami on souhaite un rendez-vous pour se renseigner sur l'adop...* »

110

Je suis coupée net !

« *Vous habitez Paris ?* »

« *Euh... Oui... mais c'est vrai qu'on va déménager en banlieue en septembre.* » Je n'ai pas le temps de reprendre mon souffle qu'elle me dit d'appeler Bobigny et me raccroche au nez. Sympa... J'ai bien envie de boire un petit café avec elle dis donc !

Seconde tentative de la journée. Cette fois, j'ai pris de l'assurance. Je compose le numéro. Je me tiens bien droite, prête à en découdre. Pas de musique d'attente. La tonalité de la sonnerie semble s'évaporer dans le vide. « *Maison de l'adoption de Bobigny, j'écoute* ».

OUAH ! À peine une minute d'attente ! C'est bon signe ça. Quoi que... Peut-être qu'il n'y a tellement pas d'enfants à adopter en Seine-Saint-Denis qu'il n'y a jamais d'appel à ce numéro... Panique... Syncope... JE SAVAIS QUE JAMAIS NOUS N'AURIONS DÛ ACHETER EN BANLIEUE !

Finalement, il s'avère que la dame est très gentille. Elle nous donne une adresse pour envoyer une demande de convocation pour une première réunion d'information sur la procédure d'obtention de l'agrément. La réunion aura lieu en novembre. Le même mois, en principe, que la seconde FIV.

Bizarrement, je trouve que c'est un bon signe. C'est parfait. Elle note mon nom et celui de mon chéri. Minute de silence...

« *Vous ne portez pas le nom de votre mari ?* »

« *Euh... nous ne sommes pas mariés en fait, mais en concubinage depuis huit ans.* »

J'avais parlé très vite pour tenter de donner, devant la dame du téléphone, une légitimité à notre couple. Je commençais déjà à me justifier alors que nous étions seulement au premier appel... Ça promettait pour la suite de la procédure.

La jolie voix de la maison des adoptions m'informe que, pour toute demande d'agrément, nous devrons être mariés depuis au moins un mois. Elle me dit qu'elle nous inscrit tout de même à la réunion d'information, mais que nous devrons avoir réfléchi à la question. Bien...

La vache... Je n'avais jamais pensé à cette histoire de mariage. Je pensais, naïve, que tant d'années dans le même lit, que le fait de diner chaque mois chez belle-maman et de laver les chaussettes de mon amoureux suffirait à justifier de la véracité de notre couple... J'ai la désagréable impression de me retrouver six ans en arrière, quand, au début de notre galère de PMA, nous étions encore un couple naïf... C'est donc bien cela, il va falloir en repasser par toutes les mêmes étapes.

N'empêche, le mariage... Pas que je sois contre, au contraire. J'adore marier mes amies. Même celui de Kate et William avait ravivé en moi mon côté Walt Disney. Mais, et c'est tout à fait personnel à notre couple, je trouvais ça chouette l'idée d'être un couple illégitime et décadent ! Ça me faisait bien sourire pendant les repas de famille. En huit ans de vie de couple, on avait, bien sûr, déjà abordé le sujet. Mais pas très sérieusement. Nous nous aimions sans contrat signé devant le maire. Sans obligation de devoir conjugal. Juste l'envie d'être ensemble. Nous n'étions pas très emballés pour devenir la propriété de l'autre, le tout dans une robe choucroute et le doigt ciselé par une alliance inamovible, que seul un avocat cupide pourrait retirer... Et puis, si je me faisais à l'idée (le plus important est qu'on s'aime et qu'on veuille un enfant après tout), il restait un problème de taille : CONVAINCRE LE FUTUR ÉPOUX !

Mais vous voyez, dans la vie, rien n'est vraiment insurmontable ! On se fait parfois une montagne de tout ou de rien ! Parce que, l'air renfrogné et tout en mastiquant son gigot du midi, la réponse de mon chéri est tombée, poétique, et avec emphase : « *Un mariage et pourquoi pas !* »

***

Des lectrices du blog ont écrit :

« *Depuis un an seulement nous essayons d'avoir un bébé, mais nous pensons déjà à l'adoption. Je comprends ta vision du mariage, pas obligatoire, mais nous, nous sommes mariés depuis bientôt trois ans et c'est bien aussi. Des souvenirs d'une jolie fête et un moment un peu solennel.* »

« *Le problème c'est que ça fait déjà plus d'un an que je réfléchis à l'adoption, mais une fois je me sens prête et une autre fois non... quant à mon mari, il ne veut pas en entendre parler, pas avant la fin de toutes les tentatives FIV... à suivre.* »

« *C'est déjà un bon point que ton mari préfère attendre la fin des chances de FIV, enfin dans le sens qu'il ne refuse pas tout en bloc, comme le mien.* »

« *C'est clair que c'est un peu désuet de devoir être mariée pour avoir un enfant. Mais à bien y regarder, n'y a-t-il pas d'autres choses qui nous rabaissent encore ? Passer devant le psy par exemple, les mamans biologiques ne le font pas ça !* »

« *L'adoption on y songe. Ou alors, ça c'est ma botte secrète, on va dans un parc entre copines infertiles et on pique des gamins !* »

« Ah ! La botte secrète, chez monsieur mon mari, ce serait d'en piquer un dans un supermarché... Comme quoi finalement on est vraiment tous des tarés ! »

« Depuis janvier 2011, nous avons entrepris des démarches d'adoption. Un nouveau projet aussi difficile que le parcours PMA. Premier rendez-vous en avril. Entre-temps, troisième FIV et puis le 21 juillet résultat : enceinte ! »

L'attente

L'attente des résultats d'examens.
L'attente de devenir maman.
Toujours l'attente…

Tant de fatigue. Tant d'usure à patienter.

On se dit que c'est une journée importante. On part tôt le matin pour faire une prise de sang à la fin d'un protocole. On se dit qu'il ne faut pas s'emballer. Mais déjà on oscille entre tristesse (à l'idée que la réponse puisse être négative) et joie (et si on était enfin enceinte ?).

On a beau avoir déjà vécu cette journée. On a beau être prévenu. Le stress monte quand même.

« Accroché ou pas accroché ? » Telle est la question par laquelle on passe toutes à la fin d'une FIV.

Question, on doit bien l'avouer, qui rend zinzin ! On n'y croit plus vraiment : *« jamais ça n'arrivera »*... Et en même temps on a l'impression d'avoir la nausée depuis la veille : *« si si chéri, je me sens faible en ce moment, je te jure »*...

Qui peut supporter ça ? Encore et encore... Au fil des stimulations, des inséminations, des fécondations... J'avoue que personnellement j'ai développé une haine farouche pour la nana du laboratoire qui me fait les prises de sang et m'annonce à chaque fois, de sa voix terne, « *non, non le taux est trop bas, pas pour cette fois* »... Alors elle, je peux plus la piffrer !

Pour mon dernier TEC, quand j'ai ouvert le courrier du laboratoire, mon taux de HCG était à 4... Ce n'est pas si bas que ça ! Elle a peut-être fait une erreur de 1 ou 2... Il ne m'a pas l'air si propre que ça ce laboratoire. Il paraît qu'à partir de 7 on peut espérer une nidation... 4 ce n'est pas zéro quand même. Pour mon docteur *SI*. Fin de la discussion.

D'un échec, on se relève, plus forte, bagarreuse. Un peu cabossée aussi... Mais on continue. C'est l'attente qui est interminable.

Pour patienter, lors de mon dernier protocole, j'avais entamé une liste de mes résolutions à faire avant la prochaine FIV : (être comba-tive, on a dit !).

1/ Perdre 10 kilos d'ici 2 semaines, date du prochain rendez-vous avec mon gynéco (je commence fort... Remarquez, ça me laisse 15 jours... Les doigts dans le nez !)

2/ Lire le livre *Au risque de l'adoption* conseillé par des lectrices du blog (Aïe, il va donc falloir que je lâche mon Anna Gavalda... C'est nul la vie !)

3/ Bien dormir, chaque soir, à 23 h pour le repos de ma psyché (on prend l'apéro à quelle heure du coup ?)

4/ Boire deux litres d'eau par jour (mais et le Limencello, ça compte alors ?)

5/ Aller à la piscine deux fois par semaine (Aïe mon dos...)

6/ Boycotter TF1 (*Secret Story*, c'est plus possible, ça doit attaquer mes neurones !)

7/ Rester zen quelles que soient les conséquences... (Respirer lentement...)

8/ Arrêter de faire des listes ! (Expression du syndrome de vouloir tout contrôler, tout à fait anti-zen !)

Bon je suis prête cette fois, on attend plus que les résultats.

***

Des lectrices du blog ont écrit :

« Moi aussi je commence à ne plus supporter la fille qui donne les résultats par téléphone au labo... »

« Je ne suis pas la seule à ne pas l'aimer la pauvre dame du téléphone ! Lors de notre résultat quand j'ai appelé en lui disant "Bonjour c'est Mme BIP, j'appelle pour les résultats" son : "Ohhh... Mme BIP... C'est négatif..." Ce n'était pas la peine qu'elle me dise, j'avais compris a son "Ohhh" ».

« Ça doit pas être facile d'être laborantine de nos jours... Parce que toutes les femmes en PMA les détestent apparemment ! »

« Moi, au dernier TEC négatif j'étais au boulot, j'ai appris le résultat à 12 h, j'étais dégoûtée, mais une équipe de collègues m'attendait pour le repas. Je les ai rejoints, on a plaisanté, j'ai même pensé "dis donc ma fille t'es drôlement forte, même pas trop de peine". J'ai travaillé l'après-midi, normalement. Mais à la seconde où j'ai fermé la porte de l'appartement derrière moi, j'ai éclaté en pleurs ! C'est fou comment on se blinde pendant la journée devant les autres... »

« À mettre sur ma liste : être moins angoissée et stressée dans la vie... Mais ça fait des années-lumière que j'essaye et rien... En prenant enfin un rendez-vous chez l'homéo, ou l'acupuncteur ! »

« *Commencer à regarder les démarches d'adoption et faire la lettre de demande pour au moins être convoquée à la réunion d'infos* ».

« *Continuer à être fan de Christophe Maé même si tout le monde se fiche de moi ! Même si Monsieur grimace !* »

« *Test pipi fait ce matin et résultat... positif !... Beaucoup de mal à réaliser... Je suis tellement heureuse et en même temps j'ai tellement peur... Première fois que je vois un "+" sur un test de grossesse en 28 mois (et c'est vous dire si j'en ai usé des tests...)... Hâte de confirmer par la prise de sang !* »

J'ai rien fait...

C'est officiellement ma première journée de vacances. Mon homme travaille. Les copains sont partis. Moi je suis à Paris.

Un jour, un ami m'a dit, pas franchement gentil, qu'il avait passé un week-end sans ses deux enfants, partis chez les grands-parents : « *C'est fou ce qu'on a comme temps, quand on n'a pas d'enfant. On vit comme un vieux, tellement on a du temps* »...
Prends-toi ça dans les dents, j'me suis dit...
Qu'est-ce que j'ai fait aujourd'hui ?
Moi ?
J'ai rien fait
Encore une journée
Qui m'est passée sous le nez
Sans que je puisse démarrer
J'ai rien fait
Je n'ai même pas essayé
J'aurais dû m'accrocher
J'aurais dû insister
Mais la nuit est tombée
Et le temps est passé
J'ai rien fait

Une copine a appelé
Elle était bouleversée
Elle s'est fait déborder
Le temps lui a manqué
Trop de choses à gérer
Et là elle est vannée
Elle a besoin de parler
De ces putains de journées
Qu'elle ne voit pas passer
Elle voudrait se poser
Sinon elle va craquer
Et là elle est vannée
Mais elle a besoin de parler
Toujours aller bosser
Dans un métro bondé
Et les mômes à torcher
Ces mômes elle en peut plus
Y a des fois presque, elle regrette...
Et l'autre qui n'en fout pas une, vautré sur le canapé
Et elle a raccroché...
Moi ?
J'ai rien fait
Encore une journée
Qui m'est passée sous le nez
Sans que je puisse démarrer
J'ai rien fait
Je n'ai même pas essayé...
C'est vrai qu'on a plein de temps
Quand on n'a pas d'enfant
Et Sidi qui va rentrer...
Qu'est-ce que je vais bien pouvoir lui raconter sur ma journée ?
(Hommage aux crevettes d'acier)

***

Des lectrices du blog ont écrit :

« J'y ai aussi droit au "mais tu dois avoir tellement de temps, profite tant que tu n'as pas d'enfants"... profiter de quoi ? Des piqûres ? Des déceptions à la lecture des résultats quand la prise de sang dit que je ne suis toujours pas enceinte... Quelle bande d'imbéciles ! »

« C'est exactement ça. Ils ne comprennent vraiment rien. Et la copine qui te sort : "les gamins des fois j'en peux plus, presque je regrette". »

« J'AI ENVIE D'UN BÉBÉ ! Je veux être maman moi aussi pour courir partout, pour dire que "les mioches y en a ras le bol", pour dire que "vivement qu'ils partent de la maison", pour dire "comme je rêverai d'une journée à rien faire". »

« C'est tellement vrai ! Ce qui est marrant c'est qu'il y a encore quelques jours, je pensais être seule à ressentir toutes ces choses, parfois j'arrivais à me persuader que je devais avoir un réel problème pour être déjà si "folle", c'est tellement rassurant, je me sens moins à part. »

« C'est si drôle, et à la fois triste, mais si réaliste. Je ne suis pas encore dans le parcours PMA, mais ça fait trois ans que mon mari et moi essayons d'avoir un bébé. Le temps commence à se faire long. »

Trouble d'inconstance...

J'ai passé trois jours chez une amie. Enceinte du second. Accouchement imminent. Tous les warnings sont allumés et la valise prête sur le pas de la porte, au cas où. J'appréhendais un peu le séjour. Toute bipolaire (et folle dingue) que je suis depuis cette histoire de PMA, j'étais à peu près aussi contente de voir sa petite famille qu'absolument pas motivée à l'idée de passer trois jours de huis clos avec maman, papa et bébé.

J'arrive après trois heures de train. Un peu lasse, et un tympan percé par les cris d'un nouveau-né en colère couché en seconde classe. Je crois le voir loucher sur mon sandwich. La maman, un peu dépassée, culpabilise de l'embêtement. Je contemple discrètement la scène, mais il me semble qu'elle cherche mon regard. Ah non ! Pas de compassion ! Déjà qu'elle a un enfant, elle ne va pas en plus se faire plaindre. Oui je suis un monstre. Mais c'est ma partie bipolaire et « trop méchante » qui, à ce moment-là, s'exprime... Je me dis en descendant sur le quai que, vu mon état d'esprit déplorable envers les femmes enceintes, le séjour n'est pas gagné... Retour sur le quai de la gare. Dès que j'ai vu le ventre rond de mon amie, toute ma névrose bipolaire s'est envolée. J'étais juste heureuse pour elle. Heureuse de la voir et de partager un peu de sa grossesse.

J'étais certes une vieille peau avec la plupart des femmes enceintes, mais pas avec elle ! Ça m'a rassurée sur ma santé mentale.

Mais alors, toutes les femmes, en plein parcours du combattant de la PMA, sont-elles atteintes de ce trouble d'inconstance ? De cette ambivalence des sentiments, de toute cette pagaille et tous ces émois contraires qui nous tiraillent ? Et pas que pour les femmes enceintes à qui je souris tout en les maudissant. Même les enfants... Parfois, je me demande si je serais capable de m'en sortir avec un bébé. Gérer l'éducation, les caprices, la fatigue... Je me dis qu'on est bien quand même peinard en couple... Et l'instant d'après, j'ai le spleen d'être infertile...

***

Des lectrices du blog ont écrit :
« Quels drôles de rapport on a envers les femmes enceintes... Moi aussi ça alterne... Parfois je suis superstitieuse. Je me dis que si je croise trois femmes enceintes c'est que mon tour viendra bientôt ! Une autre fois je les déteste et me dis "pfff ! C'est une épidémie ou quoi !"... le pire c'est dans la salle d'attente de la gynécologue... Avec tous ces gros ventres qui m'encerclent... Moi aussi j'ai un gros ventre, mais rempli de mousse au chocolat ! »

« Comme je me retrouve dans tes troubles d'inconstance. Pour moi, qui ne suis ni envieuse ni jalouse de nature, cette situation est souvent ingérable... Est-ce que c'est ce parcours qui nous a rendues comme ça ? Est-ce qu'un jour on redeviendra celle qu'on était ? Bref on verra, pour le moment on va déjà faire ce qu'on peut ! »

« J'ai une indulgence naturelle avec mes amies enceintes. Mais mes émotions ne sont pas du même niveau pour toutes. Il y a un

couple que je ne veux plus voir suite à leur annonce. Pour d'autres, je peux gérer. Folie quand tu nous tiens ! »

« C'est vrai que c'est dur de se réjouir du bonheur des autres... Ma sœur aînée est enceinte, c'est pour décembre ! Joyeux Noël ! »

« Moi 36 ans et demi, bientôt deux ans de galère. J'aime bien ce que tu dis concernant les sentiments liés au désir d'enfant : "Parfois je me demande si je serais capable de m'en sortir avec un bébé. Gérer l'éducation, les caprices, la fatigue... Je me dis qu'on est bien quand même peinard en couple." C'est exactement moi ! Je fais tout pour avoir un bébé et en même temps ça m'inquiète un peu, parfois... »

Un programme d'aide à la fertilité...

Nous sommes en août, 15 h. Il me reste encore trois jours de vacances et je traine en pyjama. Je pose donc un œil distrait sur mon PC tout en écoutant Gainsbourg qui claque des doigts devant les juke-box. Et voilà le mail que je reçois d'une association...

« C'est avec un grand intérêt que nous avons parcouru votre blog. C'est une vraie bouffée d'air frais et nous vous félicitons de trouver la force dans votre combat de dédramatiser la situation. Cela doit faire beaucoup de bien à celles qui vous lisent. Nous espérons que vous vous inscrirez au programme gratuit, dans notre section "avoir un bébé" et que ce début de programme pourra vous aider à être mieux comme c'est le cas pour la plupart des femmes qui le suivent. Si vous faites ce programme jusqu'au bout, vous verrez que vous êtes loin d'être "folle" comme vous le dites souvent avec ironie sur votre blog. Nous vous souhaitons du bonheur, car nous savons que six ans d'attente c'est très long. Vous vous en sortez bien consciemment dans la gestion de l'attente, mais nous savons ce que les déceptions accumulées et successives créent comme barrières internes et nous sommes certains que vous avez des choses à tirer d'une action interne comme celle que nous proposons. C'est avec grand plaisir que nous citons votre blog sur notre site dans la nouvelle section intitulée

"Blogs de nos lectrices". » J'avoue que, immédiatement, je trouve ça gentil. Mon narcisse se gonfle et je me vois en grande écrivaine de l'infertilité. Pourrais-je vendre autant de volumes qu'Harry Potter ? Je me vois déjà en robe rose bonbon sur le tapis en avant-première de l'adaptation cinématographique de mon roman (pas certaine que ça m'amincisse, ça, le rose bonbon ?). Il y aurait des petites éprouvettes en décoration et comme je suis super chanceuse, mes triplés de deux ans m'accompagneraient à la cérémonie... Euh... Des triplés ? Mais qu'est-ce que je raconte ?

Sidi me regarde, l'air amusé, et lit le mail derrière mon épaule. *« Mais c'est un truc pour te soutirer de l'argent ça, t'es naïve ! »*

Retour violent à la réalité. Mon chéri pense que c'est une escroquerie qui va finir, forcément, à un moment ou à un autre, par me coûter de l'argent. Pfff !

Il est nul mon amoureux ! Il voit le mal partout. Et puis avouons que la secte WW m'avait plutôt bien réussi (tout en réfléchissant, j'ai un œil protecteur qui se pose sur mon petit porte-clés WW gagné à la suite d'une perte victorieuse de 5 kilos). Je fais donc fi de ma moitié et je vais farfouiller sur le site de l'association qui paraît très chouette. Une association de soutien et d'écoute. Soutien et écoute, on en a bien besoin !

Mais tout de même... Cette histoire de programme gratuit... Je n'aime pas trop les programmes par internet d'habitude. Ils n'avaient pas commencé par un programme sur internet les recruteurs de la secte du temple solaire ?

Mais bon ici il s'agit d'une association qui a l'air très bien. Qu'est-ce que je risque ?

Alors HIIIIIII... HUUUUUUUU... J'inspire profondément et je me lance, je vais tester.

Apparemment, des exercices vont m'être proposés dans l'objectif d'aider mon corps à « globalement être plus équilibré ». Le programme est dispensé par un coach certifié qui est accompagné par des spécialistes (gynécologues, psychothérapeutes et relaxologues). Là évidemment, Sidi se marre en me demandant qui a certifié ce fameux coach. Mais bon... Quelques exercices de relaxations ne peuvent pas me faire de mal... Ma décision est prise, je commence tout de suite !

Je ne vous donnerai pas le nom de ladite association pour éviter d'entraîner avec moi certaines d'entre vous… Juste au cas où toute cette histoire est vraiment une secte pour zinzins et que je finis par hypothéquer mon appartement pour m'en sortir !

Première étape : envoyer un mail d'inscription. Jusque-là c'est dans mes cordes !

J'ai toujours eu envie de tester des méthodes d'aide à la fertilité. Plus la méthode est étrange, genre soupe qui rend fertile venue de l'Est ou crème antistress à mettre sur le ventre au niveau de l'utérus, plus elles m'attirent. Mais si, rappelez-vous... Qui n'a pas vu une annonce dans le métro où il était marqué « gymnastique relaxante pour aider à faire un bébé »… J'avais passé mon chemin. Et bien c'est le moment de tester ! Tant que c'est gratuit, je tente ! Je vais commencer par ce programme puis tenter l'hypnose…

***

Des lectrices du blog ont écrit :

« J'ai trop rigolé ! Alors pour le programme je suis comme toi. Ça donne envie et ça fait peur en même temps... »

« Moi, j'ai fait de la réflexologie plantaire et de l'hypnose Erick-sonienne. »

« J'ai testé le magnétisme, et c'est vrai ça détend, mais j'ai arrêté, car je ne suis pas tombée enceinte ».

« C'est vrai, il y a sans doute plein de méthodes pour être plus fertile ou adopter la zen attitude, car comme on le sait et c'est la phrase qui tue : "le psychologique joue beaucoup !" »

« Donc, si l'acupuncture, le magnétisme, le yoga, les CD relaxants, les gourous et autres sorcelleries peuvent aider les bébés à s'accrocher, ça ne peut pas être négatif. Faut juste faire gaffe au porte-monnaie. »

Premier jour de test

Je reçois ce matin un premier mail du programme de relaxation par internet... Objectif, aider à lutter contre l'infertilité. Il y a du boulot !

J'ouvre le mail. Un lien. Je clique. Une voix douce de femme m'informe que pour commencer, je ne dois pas regarder en arrière en me lamentant sur mon sort. Zut ! Moi qui viens de me graver sur le bras mon slogan préféré : « Marie, 32 ans, toutes mes dents et toujours pas d'enfant »... Il va falloir que je retire ça immédiatement, ce n'est pas zen apparemment...

Elle explique ensuite que je dois instaurer une routine de 30 minutes d'exercices par jour (ça me va, j'aime l'idée de suivre un rituel, ça c'est mon côté mono maniaque !). La dame du clic me dit aussi que je dois avoir l'esprit ouvert (là on est au top il n'y a pas plus open que moi !) et enfin qu'après les séances je dois continuer, mais là ce sera payant...

À ce moment du magnéto, je préfère ne pas en parler à Sidi qui risquerait de me déconnecter d'internet pour m'empêcher de commencer le programme. Je préfère rester positive (même si, tout de même, je n'aime pas trop le concept de me faire accrocher par des séances gratuites pour m'entendre dire, à la fin, que pour que ça soit efficace il faut continuer et payer...). Mais pas de préjugé, une gorgée de Pschitt orange et je commence !

Un second mail doit suivre rapidement. Avec un nouveau lien et un nouveau clic. J'attendrai donc... D'ailleurs, tout ce zen qui va m'envahir au fil des jours sera le bienvenu parce que mon rendez-vous avec le Docteur O. est vendredi matin. Dans à peine 3 jours. Comme à chaque fois ça me stresse... Pourtant, ça ne devrait être qu'un détail. On se rencontre. Il me fait une nouvelle ordonnance pour mettre à jour toutes nos analyses de sang. Fixe une date pour la prochaine FIV et c'est reparti pour un tour !

Mais ça a beau ne pas être rationnel, ça me stresse. J'ai toujours peur qu'il me sorte un truc terrible comme : « *Non, Madame, on ne peut plus rien faire pour vous. Vous n'aurez jamais d'enfant, pas de FIV envisageable. C'est fini. Au revoir et bonne journée.* »

L'angoisse. Mon salut est dans la médecine... Ça ne m'apaise pas des masses. C'est tout de même étonnant cette appréhension que génère une simple visite chez le docteur. Est-elle due à la peur du traitement qui va venir ? À la peur de ne plus avoir de traitement à envisager ? À la peur de ressentir, de nouveau, cette déception si vive au cas où le traitement ne fonctionnerait pas ? Ou est-ce l'idée qu'il s'agit déjà de la FIV2 et que la Sécurité sociale ne nous en permet que 4 ?

Mais ne paniquons pas, je vais recevoir un autre petit mail salvateur de ma secte par internet...

***

Des lectrices du blog ont écrit :

« Pour le moment, ça n'a pas l'air trop méchant ta secte... Mais voyons demain. Pour le gynécologue, moi je suis comme toi je l'aime bien, mais ça me stresse quand même. Je crois que c'est surtout la peur qu'il me culpabilise encore en me demandant de perdre du poids. »

« Depuis toute petite, je me vois maman, mais j'ai toujours eu peur que ça ne fonctionne pas comme je veux le moment venu... Et voilà le résultat, alors blocage ou pas blocage ? Tiens ! J'en parlerai à ma psy ou réflexologue un jour. »

Une douce voix

Toute cette histoire de programme me laisse songeuse...

Commençons par un petit descriptif de la suite de la première journée du programme. Nouveau mail. Nouveau clic. Toujours la même voix douce. Quinze minutes de magnéto. Deux parties.

La première partie demande d'acheter une petite liste de fournitures. Chouette. Je vais avoir plein de choix en cette période de rentrée scolaire. Il me faut un cahier, un stylo, quelques babioles et un briquet... Un briquet ? Oh la la... Et si, derrière la jolie voix, un message subliminal me forçait à mettre le feu à l'appartement ? Non, ne virons pas paranoïaque... C'est très peu probable et puis je ne vois pas leur intérêt à me transformer en SDF... La seconde partie indique que « nous », femmes infertiles, avons des idées reçues concernant la fertilité. Nous devons les combattre. L'objectif est d'admettre que ce qui se passe en nous (dans notre corps, utérus ou psyché...) est aussi important que ce qui se passe à l'extérieur (les traitements, la PMA....). Ça, ce n'est pas faux... Pour ma première FIV en février, tout était idéal. Bonne réaction au traitement. Bel embryon tout frais à réimplanter. Bel utérus avec jolie petite muqueuse molletonnée... Idéal m'avait-on dit. Et puis rien du tout ! Pas la moindre petite nidation. Il est évident que tout ne se joue donc pas uniquement dans l'aide médicale... En nous se joue aussi quelque chose qu'on ne maitrise pas... Un inconscient ravagé ou un psychisme complètement barré ? La jolie voix nous promet de nous le dire à la prochaine séance...

J'avoue qu'après cette seconde écoute, je suis toujours motivée pour la suite du programme. Je commence à me faire avoir par la jolie voix... Tout comme, en son temps, WW m'avait eue... Mince ! Je suis peut-être de ces personnes faibles qui se font facilement manipuler ? Surtout, si dans un prochain chapitre je vous dis que j'ai fait un gros virement à l'association ou que je leur lègue mes meubles Ikéa, vous devez intervenir ! Ça ne va pas du tout plaire à Sidi cette histoire...

Mais, tout de même, un truc me gêne. Sursaut de jugement critique. Combien peut bien coûter la suite du programme ? Je farfouille sur le site internet. Rien. Nada. Jamais l'information n'est divulguée. Tout ça ne me paraît pas très réglo. Au moins dans ma secte WW tout est clair. Ils sont là pour vous faire maigrir et se faire de l'argent. Tout est limpide. C'est une entreprise, un business et pas une association. Ça ne me pose pas de problème qu'on me demande de payer un coaching minceur si c'est efficace. Mais là aucune mention de prix. Et puis il y a autre chose. Une association (qui ne devrait pas pouvoir faire de bénéfices) peut-elle avoir comme unique objet la vente d'un programme payant de coaching d'aide à la fertilité ?

Pas si évident qu'elle puisse permettre à sa direction de rouler en Ferrari... Réfléchissons. Je n'en suis qu'au premier jour. Laissons donc le bénéfice du doute et attendons la fin du programme gratuit pour tirer des conclusions.

***

Des lectrices du blog ont écrit :

« Toute cette histoire m'a l'air un peu louche quand même. Une sorte de thérapie, mais sans thérapeute professionnel... Que tout ne se joue pas dans le médical on le sait. S'ils t'aident à y voir plus clair fais-moi signe, je suis preneuse ! Mais tu as raison, cette histoire de prix qui n'est pas affiché c'est étrange... Méfiance. »

« Fais gaffe, tu es peut-être dans Secret Story (OK ! Je suis devant, c'est pour ça...). Tu entends la voix... ça craint ! »

« Une petite histoire de fou : ma nutritionniste me raconte qu'un jour, l'une de ses patientes avait perdu 40 kilos (passant de 150 à 110 donc !) et qu'à un moment elle ne perdait plus... La nutritionniste lui demande si elle avait eu ses règles dernièrement et la patiente lui répond non, qu'elle ne les avait pas eus depuis longtemps, mais que ça ne la tracassait pas. La nutritionniste l'envoie chez le gynécologue. Elle était enceinte de cinq mois ! »

« Étrange cette voix douce qui te parle... Mais après tout, si ça détend, il n'y a pas de mal à se faire du bien, surtout pendant les vingt jours gratuits ! »

Appel à témoin

En ouvrant mon courrier électronique ce jour, un mail attire mon attention. Une journaliste me propose de réaliser un documentaire. Elle cherche pour son projet des couples pour témoigner.

Tout de suite, je me vois à moitié nue enfermée dans un loft plein d'infertiles... Nouvelle émission de télé-réalité de TF1. Le concept m'amuse un peu. J'entends en bruit de fond la musique du générique qui commence. Il y aurait Jordan et Steven qui cherchent à me séduire pour tenter de me féconder. Tandis que Kimberley, elle, se demande si son infertilité vient de sa paire de faux seins taille H !

Mon chéri me ramène à la réalité. Il m'indique qu'il n'aime pas la télé – sauf Arte pour faire intellectuel (pfff) – donc il refuse de suite l'idée de montrer son joli minois sur le grand écran.

De fil en aiguille, et en vous passant toutes les étapes de la conversation avec mon chéri (par exemple quand je lui ai proposé qu'on participe à l'émission avec des masques comme les témoins immoraux de Jean-Luc Delarue), nous avons refusé la proposition de devenir les nouvelles égéries de l'infertilité !

Mais cela nous est personnel. Parce qu'on ne se voit pas trop montrer nos tignasses à la télé.

Parler de son expérience, de son parcours, je pense que ça peut apporter beaucoup... Ça peut permettre de prendre de la hauteur sur notre propre combat. Et puis ça peut faire parler de la PMA qui est trop méconnue... Changer, aussi, le regard des gens fertiles, qui ne comprennent rien à notre galère...

***

Des lectrices du blog ont écrit :
« *J'aime le concept de parler de ce combat à la télé. Mais nous sommes en Martinique !* »

« *Hâte de voir le reportage même si tu n'y seras pas, mon mari non plus n'est pas pour ce genre de truc, mais moi j'aime bien regarder ce type d'émission.* »

« *Bonjour les filles ! J'ai entendu deux théories sur les infertilités croissantes de notre époque :*
- Celui qui m'a piquée samedi m'a expliqué que tout cela était dû à la politique capitaliste de notre pays ! Alors, rassurons-nous, si la gauche passe en 2012, nos soucis d'infertilité vont disparaître.
- Un ami, un peu perché, m'a lancé que c'était naturel. Le nombre d'humains sur Terre étant trop important, la nature freine les naissances en rendant les femmes et les hommes moins fertiles ! Donc, il est inutile de lutter contre la nature... Le genre de propos qui énerve !
Rien que pour vérifier ces 2 théories, une petite émission télé s'impose ! »

Le retour du gourou

Après plus de cent vingt minutes de la voix douce de mon gourou dans les tympans, je suis vidée. Essorée. Rincée !

Jour 2 : le bilan de fertilité. Un nouveau clic audio m'attend dans mes mails. Me voilà de nouveau en train d'écouter mon gourou. Elle me demande de réfléchir à divers points :

1/ *La qualité et la quantité de mes rapports intimes* (mince... Il est évident qu'on ne grimpe plus aux rideaux aussi souvent qu'il y a huit ans, quand on était frais et naïfs...)

2/ *Au poids de toute cette attente* (oui, gros poids soyons sincère ! Limite obsessionnel le poids !)

3/ *Au stress* (oui j'avoue que courir après les échographies, les piqûres, flipper en attendant mes règles, ça ne m'aide pas à être très zen...)

4/ *A mes peurs...* (bingo ! Ça aussi j'ai ! J'ai peur que ça ne marche jamais. Peur d'une vie toute vide sans enfant. Peur si ça marche de ne pas être à la hauteur. Peur de l'accouchement aussi... Je suis une trouillarde de premier plan !)

Jour 3 : on enfonce le clou. Mon gourou revient sur le bilan de fertilité pour en remettre une couche sur tout ce que je ne fais pas bien. Enfin plutôt, tout ce que je dois modifier dans ma façon d'envisager les choses...

L'inconscient peut tout bloquer. Un idiot de petit grain de sable peut suffire à stopper la machine fertile paraît-il ! Je dois donc identifier les éléments négatifs à modifier... AMEN !

Bonus du jour 3 : séance de détente audio. Quinze minutes d'inspirations, d'expirations, de musiques entêtantes, de crispations du corps puis de relâchements... Je suis un peu détendue, mais surtout j'ai un début de crampe au mollet ! OLÉ !

Jour 4 : la révélation. C'est LE jour important pour la jolie voix du clic. La séance à retenir. Des grandes vérités vont être dites.
Déjà la façon dont on vit l'attente est centrale. La façon dont on parle de cette attente. La façon dont on vit les différents échecs... CENTRALE on vous dit ! Des symptômes apparaissent avec l'attente :
1/ *On jalouse les femmes enceintes...* (Quoi ? Mais de quoi elle parle ?)
2/ *On ne pense qu'à ça* (pfff si peu !)
3/ *On se demande si on le mérite, si on n'a pas fait quelque chose de mal ou si on n'est pas punie* (mince, comment elle sait ça ?)
4/ *On se protège pour ne pas trop souffrir en cas d'échec.* On se dit « calme-toi, n'y crois pas trop, tu vas encore être déçue »... (Là je ne peux plus nier... C'est tout moi !)

CONCLUSION : on doit intégrer que la grossesse peut arriver, en être convaincue. On doit faire un conditionnement positif. Y croire totalement, sans chercher à se protéger... Se protéger (de la déception due à l'échec) équivaut à dire à notre corps que la grossesse est une menace dont on doit se protéger... Truc de fou ! Notre corps est donc complètement abruti ! Je pose mon casque. Je bois un petit verre d'eau fraîche (je n'ose pas attaquer le whisky de peur d'inquiéter mon chéri). Bon, je dois avouer qu'elle est balèze cette voix. Je me reconnais dans tout ce qu'elle dit et puis tout ça me paraît très sensé. Elle a vraiment bien étudié son sujet la nénette ! Et je sens qu'il y a du vrai dans tout ça.

Malgré tout l'intérêt que je vois à ce programme, mes warnings sont allumés et Sidi est prêt à se jeter sur la darty box pour la déconnecter en cas de dérapage... Il va falloir rester vigilante... Je sens que je ne suis pas au bout de mes surprises...

***

Des lectrices du blog ont écrit :

« Oui effectivement elle a bien étudié la chose la nénette ! Je me reconnais également totalement... J'ai peur, je cherche à me protéger en ne voulant pas trop y croire, je suis stressée, et même je me dis parfois que, peut-être, je ne mérite pas d'être enceinte... Affaire à suivre... »

« De mon côté, j'ai vu une ostéopathe qui m'a remis l'utérus en place (il était anté versé...) elle explique que ça aidera pour la nidation et que du coup j'aurai des règles moins douloureuses... C'est fou ça ! Jamais on ne m'avait dit que ça avait la moindre répercussion... »

« Dans les méthodes parallèles à la médecine traditionnelle, j'ai testé l'homéopathie qui m'a carrément fait disparaître mes cycles (ce n'était pas le but recherché...) et en prime je me suis prise en pleine figure que c'était dans ma tête (oui, mais pas que, faut peut-être regarder si au niveau organique, tout va bien avant de tirer des conclusions hâtives). J'ai donc laissé tomber. »

Un peu de musique

On m'a conseillé l'écoute d'une chanson. « *Ça va te souffler* », m'avait-on prévenue. Je déambule donc sur la toile à la recherche d'une certaine Brigitte. Je tombe sur le site officiel de Brigitte Fontaine. Une vieille artiste farfelue et un peu barrée. Tout est coloré et drôle, mais pas la moindre trace du titre recherché.

Brigitte Lahaie ? Non quand même pas... En y réfléchissant de plus près, il n'est pas totalement exclu qu'elle se soit mise à la chanson une fois lassée des pornos...

J'en suis à peu près là de mes investigations quand je découvre la vidéo du concert d'un groupe de filles : BRIGITTE. Deux jeunes femmes loufoques habillées en robes dorées sont au micro. Juste une guitare et les applaudissements du public. Je suis immédiatement charmée.

Est-ce dû à l'ambiance feutrée ? À la justesse des paroles ou au timbre éraillé de leurs voix qui s'accordent parfaitement ? En tout cas je suis émue... C'est magnifique !

J'écris immédiatement un mot de remerciement à Palomina pour son tuyau en or et je fonce faire écouter la chanson à mon chéri. Il va verser une petite larme, ce n'est pas possible autrement !

Sidi écoute, fait un léger rictus avec les lèvres qui semble vouloir dire que ce n'est pas mal et retourne à son jeu de Wii... Ce type est décidément incroyable !

Paroles de *Je veux un enfant* de Brigitte :
Je veux un enfant
Je veux un enfant
Je veux dans mon ventre, sentir le sang, la vie dedans, je veux un enfant
Passe 28 jours, les doigts croisés, j'attends mon tour
Puis sur mes dessous, le sang revient, comme toujours.
Je me sens bien seule, je ferme ma gueule quand autour de moi, toutes les cigognes qui frappent aux portes sont passées par là.
J'ai envie de hurler, j'ai envie de pleurer, je m'accroche à ton cou.
Qu'est-ce qu'ils font les autres ?
Qu'est-ce qu'ils ont les autres de plus que nous ?
Je me fous des discours, des mots qui rassurent, des professionnels.
Connaissez-vous la peine d'une femme qui rêve d'être mère ?
La belle je sais faire
La conne je sais faire
La cuisinière aussi.
La fille je sais faire
La pute je sais faire
Mais pas donner la vie
Je veux un enfant
Je veux un enfant
Je veux dans mon ventre, sentir le sang, la vie dedans, je veux un enfant...

***

Des lectrices du blog ont écrit :

« Cette chanson que tu nous fais découvrir est juste magnifique !!! Je n'ai pas arrêté de pleurer... »

« Terrible les paroles de la chanson... J'en ai encore les larmes aux yeux, du coup je viens de me l'écouter sur YouTube... wwwoooouuuuffff... »

« Magnifique ! Mon mari non plus n'a pas versé la moindre petite larmichette ! »

Des crises de larmes tu feras...

Chose étrange qu'une crise de larmes... On est bien, plutôt contente de sa journée et la minute d'après on est ravagé par un torrent de pleurs, totalement ridicule. Sans décence ni pudeur... S'il y a bien un truc que j'adore, c'est m'humilier en public...

Comment raconter le cours de cette journée ? Tout se passe très vite, en fait. Un peu comme dans un épisode de 24 h chrono.

Je me lève sereine. Je sifflote sous la douche. Je saute dans ma jolie jupe noire et je pars pour Rueil-Malmaison voir mon gentil gynécologue pour préparer la FIV2. Je me sens forte et sereine. Je suis assez épatée par mon calme, parce que d'habitude les rendez-vous avec les médecins me stressent. Là je sens que je gère. Je me dis que c'est peut-être dû à mon nouvel état d'esprit positif grâce au programme internet et à la voix douce de mon gourou. Ou alors c'est ce blog que j'ai créé il y a tout juste un mois qui m'occupe l'esprit et m'aide à prendre du recul sur toute cette galère de PMA.

Non, décidément, c'est une bonne journée qui commence.

Un instant de pause est nécessaire à ce stade du récit. Je suis donc naïve à ce point-là ? Ou complètement abrutie ? Comment ai-je pu croire que je n'étais pas stressée alors que depuis six ans, à chaque visite chez le médecin je suis angoissée ? Là, vraiment, faut que j'arrête de croire que je vis au pays de « oui-oui » !

Reprenons. Je suis assise devant le médecin. Sidi me regarde du coin de l'œil quand le docteur pose la question récurrente à chaque visite : « *Vous avez perdu du poids ?* »

Je fais signe que *non* de la tête. D'habitude, s'ensuit une litanie sur l'importance de perdre dix kilos. Et puis on passe au traitement.

Là rien ne se passe comme prévu. Devant ma réponse négative, il s'interrompt. Pose son stylo sur son petit bureau gris et plante son regard sévère dans le mien. Je n'en mène pas large et je commence à m'inquiéter un peu. Je tente bien de visualiser notre moment de plaisir au Mexique comme m'avait conseillée la jolie voix du programme en cas de coup dur. Mais pas moyen. Je ne vois rien et je sens le stress qui monte.

« *Vous savez bien que c'est important, cette perte de poids. Ça ne pourra que vous aider à tomber enceinte. Je vais vous fixer la date de la FIV2 au mois de novembre 2011. Comme prévu. Mais je vous attends dans mon bureau le 31 octobre. Si à cette date vous n'avez pas perdu du poids, nous déprogrammerons la FIV.* »

Quoi ?

Les derniers mots me semblent un peu flous... Quelques larmes salées envahissent mes yeux et je ne parviens plus à distinguer l'exact contour de son visage. Déprogrammer la FIV ? Il est en train de me dire qu'il ne veut pas m'aider à avoir un enfant si je ne perds pas du poids ? Il subordonne mon désir le plus cher de devenir maman à ce qu'il y a de plus dur pour moi, à savoir faire un régime. L'angoisse monte d'un coup. Impossible de contrôler la vague de larmes qui m'envahit. Un tsunami d'émotion me submerge et je me noie. J'explose en larmes... La honte absolue. Je n'ai plus aucune dignité ou quoi ? Mon chéri me regarde l'air réconfortant et le docteur me fixe étonné par ma réaction. Il a mis le doigt sur quelque chose et il le sait. Une réaction si violente montre que c'est là une fragilité qu'il faut traiter. Je suis trop angoissée et maintenant il le sait. Zut ! Moi qui tentais de passer pour un bon petit soldat solide et amusant à chaque visite, c'est complètement loupé...

Sidi me fait sortir du cabinet en remerciant le docteur. Je l'entends dire que tout se passera bien et que nous serons dans son bureau, comme prévu, dans deux mois. L'air frais me fait du bien et je reprends le contrôle de mes émotions. Je n'aime pas montrer mes faiblesses. Je me suis forgé une jolie petite armure avec le temps et un tel craquage me laisse un peu honteuse. Je propose à mon chéri de quitter la ville et de déménager en province pour changer de PMA, mais il me fait m'asseoir à un café pour reprendre mes esprits. Il n'est pas du genre à fuir et il n'entend pas me laisser décamper.

Je n'ai pas le choix, il faut affronter et réfléchir. Assumer d'être trop fragile. Toute cette histoire de PMA m'angoisse et me fragilise plus que je ne l'aurais voulu. Si perdre du poids est vécu comme une pression supplémentaire et culpabilisante, alors j'ai besoin d'aide. La décision est prise, je vais prendre rendez-vous avec un psychologue et tenter de perdre du poids pour ne pas compromettre la FIV2...

Et puis en rentrant à la maison, je reçois un SMS d'un ami de voyage. Son père vient de mourir... Il est sous le choc. Ça relativise sacrément mes angoisses... On a chacun ses douleurs et ses luttes...

Ce sera donc toujours comme ça la vie ? On se relève et on continue ? On a intérêt à être solide...

***

Des lectrices du blog ont écrit :

« J'espère que la psy va t'apporter ce que tu attends ! Moi ça m'a été d'une grande aide en tout cas ! »

« C'est vrai que des fois on craque. Moi c'était devant l'infirmière qui me faisait une piqûre, il y a quelques semaines. Elle était brutale et m'a rembarrée quand j'ai dit de faire attention. Au lieu de l'engueuler comme il se doit j'ai explosé en pleurs. Étrange quand même... »

« Moi je devais réellement perdre du poids pour avancer dans la vie, mais cet idiot de docteur avait mis mon problème de conception là-dessus alors qu'en fait, c'est chéri qui est en cause ! »

« Le docteur a dû vouloir te faire un électrochoc pour t'aider. Ce n'était pas malin, j'avoue. Mais ils sont comme ça, il n'y a qu'à voir dans Urgences à la télé ! C'est bien que tu rebondisses et que tu te relèves ! Alors moi, j'ai fait pire dans le style crise de larmes honteuses ! Je suis couchée avant la ponction. J'ai peur. Une infirmière passe me dire qu'il y aura du retard et je dois attendre (une heure ? Un jour ? on ne me dit rien !) et là trop de stress et j'éclate en sanglots ! Comme un bébé. Personne ne pouvait m'arrêter de pleurer et de me lamenter sur mon sort ! C'est pire ça, non ?! »

« Ma dernière crise de larmes était au laboratoire le jour du transfert (FIV2)... Le jour de la ponction, on m'annonce cinq ovocytes, le lendemain cinq embryons ! Wouah ! 5/5... Je débarque à J5 au labo

*et là, le biologiste me dit qu'il n'en reste plus qu'un... Adieu TEC...
J'ai fondu en larmes. Quelle nounouille ! Bref je ris toute seule rien
que de me revoir... Le ridicule ne tuant pas... Je me porte à
merveille !* »

« *Je vous bats à plate couture ! J'ai pleuré devant mon gynéco, je
me suis roulée par terre le jour de la ponction, j'ai bavé tellement je
pleurais dans le labo qui m'annonçait que ma première FIV n'avait
pas fonctionné... Mais la fois la plus remarquable (pour mon mari,
en tout cas) c'est quand en plein dîner de famille, une tante m'a fait
une réflexion genre "faudrait s'y mettre pour le bébé parce que l'âge
avance", j'ai tremblé, j'allais crier et puis non, j'ai fait une crise de
larmes mémorable devant toute la table... Une honte incroyable.* »

« *Je songe aussi au psy, mais je n'ose pas franchir le pas. Je ne
pleure pas dans ces situations et je ne sais pas si c'est normal de
réagir si froidement !* »

« Du jaune d'œuf et des graines ! »

« Du jaune d'œuf et des graines ! »

Je souris encore en raccrochant le combiné téléphonique. Je viens de passer vingt-cinq minutes à papoter avec ma mère. Cette conversation me laisse rêveuse et enjouée. Maman venait de se découvrir une nouvelle passion. Dans sa première année de retraite, elle s'était déjà affairée à reconstituer des puzzles de 50 000 pièces. Elle s'était improvisée bénévole aux restaurants du cœur. Avait commencé des cours de gym douce avec une bande de petites vieilles farfelues qui discutaient cuisine en se tortillant dans tous les sens. Voilà qu'elle m'annonçait son nouvel amour : les oiseaux exotiques ! Maman ornithologue, on aura tout vu ! Elle s'était offert un couple de mandarins asiatiques et était toute excitée à l'idée de m'annoncer qu'elle venait de découvrir quatre petits œufs qui l'attendaient confortablement nichés sur de la paille. Du jaune d'œuf et des graines. Une semaine de cette alimentation aurait suffi à doper la fertilité des petites bêtes à plumes... Voilà l'information principale de notre conversation. Je songe à cette recette miracle que, peut-être, je dois adopter pour booster mon utérus quand le téléphone sonne pour la seconde fois de la journée.

« Du miel biologique ! »

En quinze minutes d'une conversation réjouissante avec une voisine, j'apprends que son chat perd ses poils, que son fils vient de lui faire une scène pour acheter LE cartable à la mode, mais surtout que, pour procréer et repeupler ce monde, il suffit de manger du miel biologique en quantité !

Elle venait de le lire dans l'article très sérieux d'un journal féminin. Fortifiant et nutritif, c'était soi-disant imparable pour devenir maman.

En remuant ma salade de saison, je me demande pourquoi je n'ai pas pensé au miel avant de me faire injecter cinq litres d'hormones dans le corps...

Je me marre toute seule devant ma mâche quand j'entends le mot fertilité à la radio. Je ne remue plus que d'une main tout en montant le son de « radio latina ». Entre deux salsas, une voyante à l'accent ibérique prédit son avenir à des auditeurs inquiets. Ici une jeune femme ne parvient pas à être enceinte. Après avoir choisi un chiffre, donné son signe astral et désigné une couleur, la médium lui explique que le problème ne vient pas de son couple ou de son corps, mais de son hygiène de vie.

« Pas assez de magnésium dans votre alimentation ! »

Le verdict est tombé sans sommation. Merci de votre appel et on passe à un autre auditeur ! Je manque de m'étrangler, tellement je rigole. Toute seule dans ma cuisine, je dois avoir l'air d'une vraie zinzin... C'est fou quand même tout ce qu'on peut entendre sur cette histoire de maternité. On a vraiment intérêt à avoir une bonne dose d'humour.

***

Des lectrices du blog ont écrit :

« On en entend vraiment des vertes et des pas mûres. Pour le jaune d'œuf et les graines, je ne suis pas certaine qu'on a le même système fertile qu'une bande de mandarins... »

« On nous prend vraiment pour des cruches (bon d'accord dans notre désespoir nous le sommes toutes, un peu naïves), mais il faut qu'ils arrêtent de vouloir se faire du fric sur notre malheur. »

« Moi pour ma part, j'ai tenté :
- De surveiller mon alimentation. Résultat, Monsieur m'a enguirlandée, car il n'y avait pas assez à manger !
- De ne plus manger de chocolat au lait et aux noisettes (mon péché mignon). Ce fut pire, le sevrage a été très dur et j'avais mauvais caractère.
- Boire du jus de raisin blanc pour l'ovulation puis le jus d'ananas pour la nidation. Résultat, toujours rien mis à part une blessure à la main lorsque j'ai ouvert une bouteille en verre qui était ébréchée...
J'en passe et des biens pires, rien n'a fonctionné pour moi, rien de rien. »

Zen et naïve comme au début...

12e jour de programme internet d'aide à la fertilité...

Objectifs :
- Redevenir zen et naïve comme il y a six ans, tout au début de mon parcours de galérienne de la PMA !
- Redevenir positive.
- Ne plus être aigrie.
- Ne pas chercher à me préserver en me disant à chaque tentative qu'il ne faut pas me faire d'illusion.
- Me déstresser et lâcher prise (moi qui aime tout contrôler, ce n'est pas gagné !).
- Et au contraire, croire dur comme fer qu'on peut donner la vie.
- Aimer les femmes enceintes et les bébés des autres (faut pas exagérer là quand même...).
- Et enfin rééquilibrer mon intérieur pour tout voir en rose bonbon comme ce blog. Enfin bref... J'ai du boulot !
Donc 12e mail, 12e clic et de nouveau la voix douce qui me parle.

Je m'habitue à cette jolie voix. Certes, elle me parle toujours comme si j'étais une attardée en articulant à outrance chaque syllabe, mais tout de même, elle devient une voix amie. Si elle me le demandait, je serais à deux doigts de vendre des corbeilles de fleurs sur les marchés comme les témoins de Jéhovah...

Mon gourou me propose une séance de relaxation d'aide à la fertilité. Chouette !

Je me couche. Je ferme les yeux et je mets mon casque. Une musique commence. Des chutes d'eau envahissent ma tête. Immédiatement, je revois la scène dans *Cocktail* (*), où Tom Cruise (25 ans, des dents blanches et une musculature de rêve) bécote sa copine sous une chute d'eau. C'était mon gros fantasme de préadolescente ! Je me ressaisis à contrecœur. Le propos de la voix douce ne doit, en effet, pas être d'entamer une rêverie érotique... Donc je me concentre sur les paroles. La voix dans mon oreille droite est ferme et me répète que mon corps peut donner la vie. Tandis que dans mon oreille gauche une voix moins nette et calme répète que je dois être positive et ne pas douter. La grossesse arrivera. Elle me dit que mon corps est lourd, fait un décompte. À la silhouette musclée de Tom Cruise sous l'eau se mêle une vision de femme enceinte. Je baille, et puis plus rien. Je me réveille vingt minutes après. Je me sens relaxée. Et bah ! Sois je suis très réceptive, sois j'étais complètement crevée (ce qui est tout à fait vraisemblable).

Sur le mail, il est indiqué que je dois écouter cet audio de relaxation chaque soir pendant un mois jusqu'à être enceinte. Je m'imagine une vie entière avec Tom Cruise et la voix douce sous des chutes d'eau... Je ne sais pas quoi en penser...

---

* Cocktail (1989) : Mais si rappelez-vous ! Après avoir quitté l'armée, Brian Flanagan essaie de se trouver un boulot à New York, mais il n'a aucun diplôme et devient barman...

***

Des lectrices du blog ont écrit :
« Oh oui : Brian Flanagan !!! »

« Moi, je fantasmais sur le danseur dans Dirty Dancing ou sur le héros de Quoi de neuf Docteur ! Tu crois qu'on peut trouver un CD d'hypnose qui le fasse revivre en souvenir ? Non, mais, c'est scientifique ! Ça m'aiderait à me relaxer pour avoir un bébé c'est sûr ! »

« Les filles, non, mais vous plaisantez ? LE gros fantasme reste le héros de K2000 ! Mais je ne sais plus son nom... On peut tenter de trouver un CD d'hypnose avec des bruits de moteur de voiture... J'en rêve déjà... »

« J'en étais certaine. En fait, ce genre de programme, c'est juste pour nous attirer et nous vider ensuite le porte-monnaie quand on est déjà bien accro ! C'est dommage, nous aurions eu bien besoin de ces séances de relaxation. »

« Pour ma part, je pense que la conception d'un enfant est entourée d'une part de mystère et d'incontrôlable que même la science ne peut pas remplacer et c'est aussi ce qui est beau et affreux en même temps. »

Thérapie sur chaise en bois

Je suis au pied d'un immeuble plutôt cosy dans le 20ᵉ. Pas de plaque. Aucune trace de la présence d'un psy dans les parages. Je sonne. On m'ouvre sans me parler. Sympathique cette secrétaire ! En fait il n'y a pas de secrétaire et j'entre directement dans ce qui semble être le salon de la jeune femme qui me tient la porte. Une trentaine d'années. Jolie. Des grands yeux qui ne me quittent pas. Un peu flippante avec ces cheveux hirsutes. Mais elle exerce à l'hôpital Tenon. Ils ne peuvent pas embaucher de barjo dans un hôpital, si ?

Elle m'observe. Avec son sourire, elle me plait immédiatement. Elle me demande de m'asseoir. Il y a une chaise à ma droite. Et un canapé sur ma gauche. Mince je m'assois où ? Je ne vais quand même pas m'allonger ? En plus il fait trente degrés dans la pièce et j'ai un peu peur de rester collée au skaï... Je choisis donc la chaise en bois dur. Aïe mauvaise pioche... Je sens déjà mes lombaires qui crient au secours !

Les yeux de la psy me scrutent toujours. Je me sens toute nue devant son regard insistant. On papote 45 minutes. Elle écoute ma demande. J'ai besoin d'aide pour me déstresser (et aussi perdre du poids si c'est dans ses cordes). Je lui raconte l'épisode des grandes eaux devant le gynéco. Trop de pression sur moi. Je ne sais pas trop d'où elle vient toute cette pression d'ailleurs. Ça semble l'intéresser et elle me demande comment j'étais petite. Je n'ai pas le temps de répondre qu'elle enchaîne : « Comment était votre famille ? » OK, c'est bon je suis bien chez un psy ! Sa question me fait rire et je fredonne *Elle a les yeux revolver* dans ma tête en fixant le canapé...

Finalement, je me détends et je parle. De plein de trucs. Elle rebondit de temps en temps et me dit que certains points sont à explorer. Que concernant le poids, elle pense qu'il s'agit de maternité certes, mais aussi de normes sociales auxquelles elle ne croit pas. Elle me plait de plus en plus et je me demande si elle ne me drague pas un peu... Ça doit être ce qu'on appelle un début de transfert !

Elle pense que, dans la vie, nous avons tous des freins et besoin les uns des autres. Que face à nos petits points de déséquilibre, il est toujours intéressant de réfléchir. Que la PMA, c'est beaucoup de pression et de stress. Que ça réveille parfois des angoisses plus profondes (angoisse d'être mère, angoisse d'échec...) et qu'une psychothérapie ne peut que m'aider. De toute façon, je n'ai rien à perdre à essayer.

En traçant les chiffres sur le chèque de quarante euros que je lui adresse, je me demande bien comment je vais faire pour venir la voir chaque semaine, comme elle le conseille... Mais bizarrement, ce n'est pas le point central et cette séance m'a emballée. Ça y est, « je me fais suivre »... « Je vois quelqu'un »...

***

Des lectrices du blog ont écrit :
« Moi, ça me donne envie d'essayer ! J'y pense depuis longtemps, déjà trois ans d'attente et ça me mine le moral souvent. Je pense en

plus que c'est très vrai "que face à nos petits points de déséquilibre il est toujours intéressant de réfléchir. Que la PMA c'est beaucoup de pression et de stress" ! J'ai vu mon gynéco vendredi et toujours la même chose, il me dit d'attendre pour la FIV et qu'on tente la 3ᵉ IAC, mais j'en peux plus. Ça ne marche pas ! »

« *Trop drôle le choix entre le canapé et la chaise ! Moi en tout cas le jour où je me fais suivre, je vais voir quelqu'un !! *»

« *Je te tire mon chapeau, car je n'ai jamais osé pousser leur porte... De mon côté, ma commission d'agrément pour l'adoption a été décalée de dix jours... grrr... Mais faut rester zen... Peut-être grâce à la tisane miracle !* »

« *Oh la la ! Ma 1ᵉʳᵉ séance avec la psy aujourd'hui et voilà que je me dis qu'il va me falloir voir un psy pour parler de mes rendez-vous avec la psy... Vous me suivez ? Bon en fait, pour cette séance, je ne savais pas du tout quoi faire. Silence complet, alors comme je suis gênée, je finis par parler... Même trop je crois. Je parle tellement que les 45 minutes passent super vite. Je paie, et en sortant, je me dis : bon dieu, je suis une vraie névrosée, j'ai honte ! Comment assumer ce nouveau statut, en plus de celui de l'infertile ? Elle ne devait pas s'attendre à ça !? Elle a peu parlé. Normal ? Je ne sais pas, alors je me remémore chacun de ses mots et essaie d'en mesurer la portée (je sais, je suis grave !). Bref, je suis très contente, je crois. Elle est jolie et a l'air calme, le contraire de moi. Ça devrait marcher. En tout cas, j'y crois !* »

Séduction et mystère...

Que se dire au sein du couple ?

« Pour Catherine B., psychanalyste, jouer la carte de la transparence dans la relation amoureuse, c'est prendre le risque de la banaliser. "À se livrer sans réserve à l'autre, vous risquez de perdre de votre mystère. Une donnée essentielle de la séduction". Sans compter l'aspect immature de cette communication verbale à outrance. "Lui raconter ma journée par le menu de manière systématique, me ramenait immanquablement à mon enfance quand maman me posait mille questions", avoue Françoise. À la longue, le désir en prend un coup et vous risquez d'entretenir une relation plus fraternelle qu'amoureuse. » Je reprends une petite gorgée de coca bien frais (sans caféine bien sûr pour dormir sereinement le soir et être en forme pour la prochaine FIV... Ah et aussi sans sucre pour maigrir avant la même échéance... Non je ne suis pas du tout obsessionnelle, pourquoi ?). Cet article n'est certes pas complètement idiot... J'entends bien qu'une part de mystère n'est pas mal... Je comprends aussi que tout se dire c'est immature et qu'un jardin secret c'est très bien... Non, ce qui me laisse dubitative, c'est plutôt comment nous placer, mon chéri et moi, sur l'échelle du mystère qui pimente la vie de couple ?

Déjà, huit ans de vie commune ça rend inutile pas mal de cachotteries...

Par exemple hier. Grand rangement de salle de bains. Ma douce moitié tombe sur une boîte d'ovules, souvenir de notre dernier protocole... Après m'avoir suggéré de les utiliser comme lubrifiant pour ne pas gâcher, j'ai dû me rendre à l'évidence : non seulement il est complètement obsédé (même les gants en caoutchouc rose spécial nettoyage de la cuvette ne l'arrêtent pas !), mais surtout il n'y a plus beaucoup de trace de mystère dans notre couple... Aïe... Mais bien plus que la vie de couple et sa routine, je crois que ce qui tue tout inconnu c'est la PMA. Combien de fois en six ans je lui ai susurré des mots doux ou lancé des œillades libidineuses juste le jour de l'ovulation alors que le moment n'était pas du tout opportun ? Combien de fois a-t-il entendu le gentil Docteur O. m'indiquer que ma glaire était acide (la vilaine !), que mes trompes étaient étroites ou que ma muqueuse était ténue ? Sympa le mystère... Ou pire, à chaque insémination, FIV ou TEC, la même question qui revient, sans gêne : « *Chouchou, tu crois vraiment que je peux faire caca sans peur de perdre l'embryon aux toilettes ?* »

Amie de la poésie bonsoir... Non les filles, soyons honnêtes, le mystère pour nous, ce n'est pas gagné ! Même une combinaison en dentelle ne peut pas rattraper un truc pareil...

***

Des lectrices du blog ont écrit :
« *Très drôle et très vrai ! Moi aussi la même question sur les WC. La honte quand même... Et puis lui en train de regarder le Docteur me faire l'insémination couchée les pattes en l'air... C'est un truc qui tue le mystère, non ?* »

« *Tant que ton chéri se jette sur toi avec les gants roses en caout-chouc, c'est bon signe ! J'ai bien rigolé ! Moi peut-être est-ce la perte de mystère, mais même côté câlin ça devient fade. Ça attaque tout, cette attente de bébé, le moral et le désir...* »

« *Si je compte le nombre de médecins, d'infirmières, ou de sage-femme qui ont scruté mon utérus ces deux dernières années, j'en suis à une vingtaine (hallucinant, mais vrai !), du coup, ça m'a un peu refroidit. Il faudra sans doute un peu de temps avant que mon désir reparte de plus belle !* »

« *Le mystère, quel mystère ? Heureusement que nos hommes ont de bas instincts libidineux sinon il n'y aurait que les gynécos qui verraient notre choupinette !* »

« *Rester mystérieuse avec la dimension "médicale" et planifier des traitements ? C'est ça le grand mystère ! Je n'ai jamais trouvé la réponse.* »

« *Quant à la combinaison en dentelle, j'avoue j'ai testé, mais JAMAIS au grand jamais je ne retenterai... Ouais parce qu'un fou rire de môssieur au moment où moi, j'avais récupéré un semblant de libido ça me l'a fait moyen... Bon la dentelle était très osée, j'avoue...* »

« *La nouvelle incroyable et merveilleuse du jour : pour la première fois de ma vie et depuis plus de six ans que j'attends... J'ai eu un résultat positif ! C'est venu comme ça, pouf, alors que ma prochaine FIV était programmée en octobre. Je suis prise entre la joie et l'angoisse que tout s'arrête, alors les filles croisez les doigts pour moi !* »

Une poussière de chance...

« Ensemble nous réaliserons de grandes choses. Bonne chance à vous et au revoir. »

Les derniers mots de la jolie voix du programme gratuit d'aide à la fertilité retentissent dans l'appartement. Je me surprends à penser qu'elle va me manquer cette voix. Très vite les premières notes de *Paris* de Yaël Naim réchauffent l'atmosphère et effacent le silence laissé par la fin de l'audio. Je me sens tout heureuse en ce samedi après-midi ensoleillé.

Vingt jours de programme quasi quotidien… Des exercices étranges à faire (se regarder dans un miroir en répétant « je mérite d'avoir un enfant »). Ou découper des photos de familles heureuses pour les regarder puis fermer les yeux et se visualiser dans ces moments de bonheur… Des tas d'audios au but unique : penser positivement pour débloquer nos corps perturbés par nos pensées négatives. Des séances de relaxation pour aider à la détente et au rééquilibrage du corps… Enfin bref, on n'a pas chômé avec ma copine la voix !

Mon bilan est positif. J'en ressors plus confiante en l'avenir. L'essentiel en trois phrases ? (C'est balèze parce qu'elle est bavarde cette voix…).

Alors :

- *Pendant l'attente de bébé, je dois vivre ma vie. La grossesse viendra. Et moi je dois vivre.* Ça paraît idiot, mais je me restreignais un peu. Par exemple j'ai toujours voulu un petit chat, mais n'étant pas immunisée contre la toxoplasmose je me disais qu'il fallait attendre la fin de la grossesse… Déjà trois ans que le projet petit chat est en stand-by… Au diable l'attente ! La décision est prise : on prend le chat début octobre et quand je serai enceinte on avisera !

- *Demain sera différent. Il n'y a pas de fatalité. Ce n'est pas parce que ça n'a pas fonctionné depuis tout ce temps que ça ne fonctionnera jamais. Une poussière de chance reste une chance...* La voix m'a peut-être fait un lavage de cerveau, mais j'en suis persuadée ! Demain j'aurai un bébé ! (Aïe je me rends bien compte que je suis sensible au gourou… Note personnelle : ne jamais ouvrir à un témoin de Jéhovah qui sonne à la porte !).

- *Si je me nourris des pensées négatives, par défense, mon corps (cet abruti !) peut bloquer tout le processus de fertilité. Je dois me nourrir de pensées positives.* C'est pourquoi je me répète sans arrêt « je vais devenir maman, fonder une famille, aimer et voir grandir mon bébé »… Tout cela fait bien rire mon chéri qui me prend pour une fada, mais qui, en même temps, sent bien que c'est beaucoup plus sympa que de me voir en pyjama à me lamenter sur mon triste sort d'infertile...

Du négatif dans ce programme ? L'enquête de Bernard de La Villardière au pays du programme d'aide à la fertilité se doit d'être objective. Donc oui il y a des points qui m'ont choquée. Déjà le prix. Parce qu'après les vingt jours gratuits, pour continuer le programme (ce que j'ai drôlement envie de faire d'ailleurs !) il faut débourser plus de 30 euros par mois. C'est énorme ! Pour ce prix, on continue à recevoir quelques audios, mais surtout des programmes de relaxation (j'ai adoré ça, mais tout de même je reste lucide, c'est cher).

L'autre point négatif, qui est assez proche, c'est que la jolie voix nous bassine constamment avec la nécessité de continuer le programme. Une vraie lobotomie. Ça, c'est franchement gênant. Je suis assez grande pour prendre la décision seule ! J'avais beau lui répéter, devant mon PC, qu'elle était gonflante, elle n'arrêtait pas ! (À croire qu'elle ne m'entendait pas ?).

En conclusion, je peux dire que je me sens plus positive. Je sais que je ne dois plus me protéger avec des « *Mais je risque encore d'être déçue si j'y crois trop* »… Je m'en fiche d'être déçue. Je sais que ça marchera un jour. À chaque échec je me relèverai et je recommencerai. Et ça va marcher ! Je garde le poing levé !

Si la réussite dépend en partie de cette croyance, alors autant y croire à fond ! D'ailleurs, je crois aussi que je vais réussir à perdre un peu de poids pour faire plaisir à mon gentil Docteur O. Mais bon, je suis peut-être trop naïve parce que je pense aussi que DSK est innocent !

＊＊＊

Des lectrices du blog ont écrit :
« *Pour le programme, je t'avoue que je suis arrivée aux mêmes conclusions, à savoir penser positif. D'où mon délire sur mes jumeaux que j'ai déjà prénommés Gustave et Eugène pour Flaubert et Sue, on est littéraires dans la famille. Je suis d'accord avec le fait de vivre tout ce qu'on veut vivre sans se restreindre. La vie n'attend pas. Mon chat a six ans exactement, celui de mon arrêt de pilule. La vie nous punit assez comme ça en nous refusant nos bébés !* »

« *J'avais déjà décidé d'y croire suite à tes premiers commentaires et ta conclusion sur ce test gratuit me conforte dans mon idée. Ça* » *peut nous arriver aussi ! Et puis entre nous, que j'y croie ou pas, quand mes vilaines débarquent je pleure. Alors autant que j'y croie, au moins je serai de bonne humeur 25 jours sur 30 ! »*

« C'est sans doute très important d'avoir un moral d'acier et des pensées positives ! Mais c'est super difficile ! »

Report d'affection

« Ça peut rendre fou toute cette attente de bébé »...

« Tout le monde le dit : il faut vivre sa vie pendant ce temps-là »...

« Avoir des objectifs et ne pas rester avec les cheveux gras en se lamentant sur notre sort d'infertile »...

Voilà à peu près le discours que j'ai tenu, avec fermeté (et quelques œillades amoureuses) à mon chéri. Objectif : lui faire avaler la pilule. Une pilule à quatre pattes, le nez mouillé et les griffes affûtées. Un bébé chat ! Ce ne fut pas une mince affaire vu qu'il ne supporte pas la vue du moindre petit poil sur son joli costume bleu marine de travail.

« Mais sois un homme ! » ai-je dû répéter pendant 30 minutes avec toute la mauvaise foi dont je suis capable.

« Un homme aime les poils c'est connu ! »... Il a fini par rire, m'a embrassée sur le front en lâchant un : *« Allez va pour un chat »* avant de fuir l'appartement.

Ah ! La persuasion féminine, ça c'est un truc extra ! Décision validée par le chef de famille : nous adoptons donc un bébé chat !

ALLELUIA ! Je suis trop contente. Je me vois déjà lui grattouiller le ventre avec le regard embué de larmes maternelles. Oui parce que, tant qu'à avoir un chat, autant faire un immense transfert affectif et l'appeler *« mon bébé »* à tout bout de champ ! J'en rigole déjà en imaginant la tête de ma moitié ! Il ne sait pas encore où il met les pieds... Remarquez, j'aurais pu choisir une poupée ! Ça, c'est un vrai truc de folle dingue je trouve ! À côté de la poupée, l'animal de compagnie c'est une version soft du transfert !

Il reste le plus gros à faire : trouver le fameux félin. Petit, disons trois mois, l'air gentil (en tout cas suffisamment pour se laisser porter à tout bout de champ, très important pour un transfert affectif digne de ce nom !) un peu joueur aussi, et pas trop moche si c'est possible. Je me surprends à penser que ça serait génial si c'était aussi facile d'adopter un bébé humain, mais pas le temps de trop réfléchir, le premier contact est pris avec l'association « SOS animaux Paris ». Une gentille dame décroche son téléphone et m'informe qu'effectivement Diego, le bébé chaton de trois mois, est disponible. Elle me fait patienter une minute pour aller chercher son listing d'animaux. Je chantonne « Diego triste dans sa tête » en attendant qu'elle reprenne la conversation. Au bout de cinq bonnes minutes, Johnny Hallyday commence à me gonfler et je trouve que Madame SOS animaux n'est pas tellement pressée. Mais mon énervement atteint son apogée quand la dame du téléphone m'explique qu'elle va m'envoyer par mail un questionnaire pour voir si je suis *« digne d'adopter un chat »*.

Je digère l'affront tout en ouvrant le fichier et là, 3 pages de questions. Il faut donc faire HEC pour adopter un bébé chat ? Il y en a pour tous les goûts. Du « quel type de sécurisation allez-vous mettre dans l'appartement et sur le balcon ? » jusqu'à « quelle marque de croquette connaissez-vous ? » Truc de barjo !

Je ne désespère pas et j'appelle donc « Aide animaux Paris », une association qui récupère des chats et les confie à des familles d'accueil avant adoption définitive. J'aime le concept. On se croirait dans la série sur la 3 à la télé (mais si « famille d'accueil » avec Ginette Garcin qui est géniale en tante Jeanne... Non ? Toujours pas ?).

Une dame décroche. D'une voix éraillée qui semble avoir l'âge du Père Fouras, Colette me demande quel chat m'intéresse. J'explique que le petit chaton tout roux de la photo me plaît.

Que n'avais-je pas dit. Là, Colette s'énerve.

« *Mais pourquoi est-ce qu'ils veulent tous des bébés chats ?* » hurle-t-elle au téléphone.

Euh... C'est à moi qu'elle parle là ? Je n'en reviens pas de son ton hyper désagréable. Et puis je ne me vois pas lui expliquer que je veux un bébé chat pour faire mon transfert affectif tranquille. Je sens que ça ne lui plairait pas du tout. J'opte donc pour une réponse un peu idiote, mais neutre : « *Bah ! C'est joli un bébé chat, Madame Colette* ».

Là, Colette manque de s'étrangler avec son dentier. Elle en peut plus la Colette de tous ces chats adultes qui squattent son salon et que personne ne veut adopter. Elle se lève à 5 h du matin la Colette pour les nourrir. Les chats, c'est toute sa vie. Elle veut refourguer des chats centenaires comme elle la Colette !

« *Et pourquoi personne ne veut des vieux dans cette société ?* »...
Mince, je commence à transpirer en me rendant compte que si ça se
trouve, elle n'a pas pu avoir d'enfant... Colette, c'est peut-être moi
dans 40 ans ! L'angoisse !

Récapitulons donc : 2 heures de téléphone. Aucun bébé chat
trouvé. Un questionnaire de psychopathe à remplir et une Colette à
calmer avant de raccrocher le combiné... Le bilan de la matinée est
mince et je commence à me demander dans quoi je me suis embar-
quée...

***

Des lectrices du blog ont écrit :
« *J'espère que tu te trompes et que la Colette a des enfants parce
que sinon c'est très inquiétant pour nous...* »

« *Moi j'appelle mon chat "mon bébé" et j'assume ! Mon chéri
aussi j'ai dû le convaincre pour qu'il l'accepte et maintenant il est
tout gaga de notre chat ! Cet animal compense mon manque de bébé
et m'a sauvé de la grosse déprime, je pense.* »

« *J'ai franchi le pas moi aussi il y a un mois, et aujourd'hui, nous
avons un joli petit chiot. Je ne me gêne pas pour l'appeler "mon
bébé", et comme il est super affectueux, je compense à mort ! Même
mon mari lui dit "viens voir papa !" Bon, le problème c'est qu'il
n'est pas encore super propre. Pipi sur mon beau tapis à 500 euros,
caca au moins une fois dans toutes les pièces de l'appartement, mais
quand il me regarde avec ses gros yeux, je fonds complètement.* »

« *Eh eh, moi pareil, j'ai adopté une boule de poils. Mon homme
était totalement contre. Au bout d'une semaine, il l'appelait "ma*

fille" ! Comme moi d'ailleurs. Si ce n'est pas du transfert, je ne m'y connais pas ! »

« Concernant les boules de poils : le mien s'appelle Léonard, il est très poilu et il en met partout c'est une horreur ! Chaque séance ménage est multipliée par trois... Mais je l'adore... J'entends mon chéri qui le câline au moment où j'écris et qui lui dit très tendrement qu'il pue de la bouche ! »

« Mon bébé se prénomme Charly, il ressemble à une mini-vache (blanc avec des taches noires) et il fait mon bonheur dans les bons comme les mauvais moments ! Quand j'ai fait mon hyperstimulation lors de la FIV, il venait se coucher contre mon ventre dessus ! Un vrai petit amour ! »

« Tu verras, rien de mieux pour se remonter le moral qu'un petit chat qui vient sur ton ventre ronronner à plein régime, j'adore ! »

Ah la famille !

Tout est prêt pour le week-end dans la famille. Je viens de finir la petite valise. J'ai pensé au maillot de bain et à la jupette. On est paré ! Pourtant je ne me sens pas très emballée. Peut-être la perspective de dormir deux nuits dans le clic-clac du salon ? C'est le manque d'intimité qui me chagrine ? Non soyons honnête, je sais bien ce qui me turlupine : belle-maman ! Comment décrire belle-maman ? Une femme forte. La soixantaine. Jolie et distinguée. Une femme d'intellect avec un mari écrivain. Une belle carrière professionnelle. Une femme très ambitieuse. Élitiste même. Une femme politisée et engagée. C'est le côté que je préfère chez elle. Elle a grandi en Afrique du Nord et ne souhaitait pas être pratiquante. Une femme athée en terre religieuse ! Grosse bataille. Elle s'est battue pour faire des études supérieures. Ça l'a forgée au combat. Mais une femme de combat n'est pas une femme douce... Elle a eu un seul enfant. Son fil unique : mon chéri. Tout un programme... Ma moitié si forte et déterminée d'ordinaire a dix ans quand il est en sa présence. Elle critique les choix de son fils. Donne son avis. Elle a toujours raison donc pas besoin d'en discuter. Moi je tente de ne pas faire de vague. Quand je la sens trop intrusive et autoritaire avec son rejeton, je tente de détourner la conversation. Je ne voudrais pas qu'elle me l'abîme mon chéri. Mon homme est rêveur et artiste. Je l'aime comme ça et ça m'inquiète toujours un peu quand belle-maman le harcèle pour qu'il change et devienne comme elle le voudrait. Elle le culpabilise. Très forte pour ça. Et lui ne voit rien. Il a dix ans... Elle l'aime, mais voudrait un fils carriériste comme elle. C'est loupé ! Il est drôle et extravagant. Un peu hippie le fiston. Ça défrise la génitrice ! Jusque-là, vous me direz, pas de quoi m'effrayer. Après tout, je pratique la belle-famille depuis huit ans. Tout le monde s'en est sorti indemne. D'ailleurs, moi-même j'adore ma mère, mais on est très différente. Avec mon père, on s'est beaucoup disputé, mais on reste attaché. On a su garder l'essentiel. Si ça se trouve, Sidi pense aussi qu'avec mes parents je redeviens une gamine qui ne parvient pas à s'affirmer. Il trouve peut-être que mon père est fatigant et ma mère trop fofolle. Moi je ne vois rien, c'est ma famille... On est peut-être tous pareil en fin de compte.

Mais LE truc qui m'angoisse, ce sont les questions. *« ALORS LES JEUNES, C'EST POUR QUAND LE BÉBÉ ? »* À une époque, j'y avais le droit à chaque fois. Quand elle a su qu'un enfant était en stand-by, il y a quelques années, elle a suggéré que peut-être c'était mieux comme ça vu que nous vivions comme des adolescents. Intrusive disions-nous... Ensuite, elle a dû aimer le concept parce qu'elle nous parlait sans arrêt de la cousine qui a réussi à avoir son petit après cinq FIV. Elle en a conclu que c'était très facile une FIV. Mais pourquoi on en fait toute une histoire ? OK message reçu. Je ne dois pas me plaindre... Une combattante ne se plaint jamais. Elle ne pleure pas non plus d'ailleurs. On ne chouine pas devant belle-maman. Un peu de dignité, non, mais ! Merci pour le soutien...

Remarquez, mon père n'est pas tellement plus subtil. Un jour, entre deux cafés à une terrasse, il me demande : *« Mais si c'est Sidi le problème* (je venais de lui dire que ses petits sportifs étaient un peu fatigués) *alors pourquoi tu ne changes pas de copain ? »* J'ai failli m'étrangler avec ma part de tarte aux pommes...

Ce n'est pas belle-maman le problème. Je le sais bien. La vraie difficulté est qu'avec la famille, toute la famille, il est presque impossible de faire comprendre notre combat contre l'infertilité. La douleur de l'attente. Les moments de doute et l'âpreté des échecs. Tout cela est incompréhensible pour la plupart des gens fertiles.

À un repas avec ma famille, je me souviens avoir abordé le sujet de l'adoption. Juste comme ça. *« On y pense des fois... »*

Non, mais je suis malade ou quoi d'avoir dit ça ? Trop de vin ? J'avais perdu la raison ? Parce que dès cet instant, l'adoption est devenue LE sujet. La tata a son avis. Son avis étant le bon, on n'a pas trop intérêt à la contredire si on tient à manger une part de dessert (très bon d'ailleurs le dessert. Tata est un cordon bleu avouons-le). L'adoption, c'est trop tôt pour y penser et c'est compliqué ! L'ami d'un ami a adopté et ça s'est mal passé. N'y pensez plus les enfants. Emballé c'est pesé on ne doit pas adopter. La question est tranchée. Bien, bien, bien... Je ne sais pas si c'est thérapeutique d'écrire parce que je suis de plus en plus anxieuse ! Mon chéri valide ce chapitre d'une moue. Il trouve que le portrait de belle-maman est juste, mais un peu exagéré. Je sais qu'il n'a pas tort, mais le stress du week-end m'empêche d'être totalement objective.

Il n'y a que moi qui angoisse à l'idée d'un huis clos dans un 50 m^2 avec belle-maman ?

* * *

Des lectrices du blog ont écrit :
« Oh non tu n'es pas la seule ! Moi, belle-maman me culpabilise avec des "mais quand est-ce que vous me faites des bébés ?" la voix chevrotante. Terrible ! Mon chéri aussi redevient un enfant avec sa

maman et n'ose pas lui dire de nous lâcher ! Moi je ne veux pas qu'on lui parle de notre problème de conception, sinon, alors là, elle se jette par la fenêtre de son pavillon ! »

« La belle-mère : un poème ! J'aime bien la mienne... De loin. J'ai l'opposée de la tienne, une momolle plaintive ! Et ce n'est pas mieux ! »

« Le sujet de la belle-mère, ne m'en parle pas ! C'est toute une histoire ! Ça a commencé par les "Chose, tu peux venir s'il te plaît ?" parce qu'elle n'arrivait jamais à se rappeler mon prénom, puis par les remarques sur l'organisation de notre mariage (j'ai eu un mariage de vieux par sa faute ! J'avoue que je lui en veux toujours un peu). »

« 50 m² avec ma belle-mère ? Ça ne va pas être possible. Ce serait le concours de qui craquera en premier. Elle n'est pas au courant de nos soucis et on préfère comme ça, sinon elle va se brancher en direct sur mon utérus. »

« Ma nouvelle zenitude est incompatible avec l'image de belle-maman. "Si tu n'es pas gentille, j'appelle ma mère et je lui dis que tu es malade et qu'elle devrait passer". C'est LA menace absolue entre mon mari et moi. »

« Je suis l'une des rares parmi vous à avoir une belle-maman en or ! Nous nous entendons à merveille, quelquefois un peu trop curieuse, mais elle s'inquiète pour son fiston. »

Ah la famille ! (fin)

Je profite d'une seconde de répit pour écrire la fin du chapitre en cachette. Belle-maman est aux toilettes avec un sudoku. Beau-papa et fiston sont dans la cuisine et touillent le café traditionnel. Ça parle littérature ! Je suis perdue, mais je tente de rattraper les wagons tout en bidouillant sur le PC familial.

« Et les frères Karamazov tu les as relus dernièrement ? » attaque le pater... (Ah mais oui, ça doit être les frangins à l'âme scientifique et la tête refaite...)
« Non Dostoïevski ça me paraît fade... » répond la progéniture. (Mais oui bien sûr c'est un roman... Les autres ce sont les Bogdanoff... La honte !)

Quand j'y pense, c'est mon chéri qui vient de dire ça à propos de Dostoïevski ? Le même qui fait de la boxe en loisir ? Qui aime le catch à la télé et lit *Fluide glacial* ? Je suis sciée...

« Pour le prochain salon littéraire (oui, beau-papa fait des salons), *je relis Indigo de Cendras et Régis Debray et... euh... Florence comment déjà ? »*

Il faut que j'intègre cette conversation... Vite vite Marie, dis quelque chose... Marie grouille, il en va de ta crédibilité... *« Ah mais oui Florence Aubenas ! »* Minute de silence dans la pièce. On n'entend même plus la cuillère qui remue le café... *« Donc, mon fils, je disais Florence Delay... »* répond beau-papa sans me regarder. Chaque syllabe du nom est articulée avec emphase pour bien me montrer mon ignoble ignorance. Zut. Je replonge le nez dans le PC pour me faire oublier. Il faut absolument que j'arrête de lire *Closer* dans le train. Ça me grille des neurones... Et ça beau-papa, il n'aime pas. Belle-maman revient plus vite que prévu dans le petit salon. *« Marie, tu pourras ranger ce sac. »* Je plonge. Je cours. Je vole ranger ledit sac pour plaire à la maîtresse de maison. *« Non, mais ce n'est pas comme ça ! N'importe quoi ! C'est comme ça qu'on t'a appris à ranger ? »* me balance la petite femme bronzée en m'arrachant le sac des mains pour le replier bien comme il faut...

OK... Serre les dents. Souris Marie... Respire et rappelle-toi que belle-maman aime son fils et qu'elle nous consacre beaucoup de temps pendant notre séjour. Alors, ne va pas faire de drame…

J'ai beau lancer des œillades d'appel au secours à Sidi, il ne me regarde même pas. Il semble bien chez lui entouré de ceux qui ont bercé son enfance. Pourtant, on ne peut pas dire qu'ils l'épargnent beaucoup côté réflexion. Mais telle une statue de bouddha, il reste toujours impassible et souriant. Soit il est extraordinairement calme, soit ils me l'ont lobotomisé ! Lui qui d'ordinaire est fantasque et extravagant, file droit comme une dragée Fuca ! Jolie image, oui je sais...

J'en rigole bien sûr, parce qu'il n'y a pas mort d'homme et qu'on a tous une famille à trimballer. Moi la première. Mais quand même, il me manque un peu mon chéri quand on est chez ses parents...

J'ai lu un jour que les parents ont un pouvoir destructeur entre leurs mains. Celui de culpabiliser leurs rejetons. Quand les parents ne montrent pas d'estime pour les choix de vie de leurs progénitures, quand ils les critiquent et les rabaissent chaque jour, tel un poison insidieux, cela leur permet d'appuyer sur la culpabilité de l'enfant d'être un mauvais enfant. C'est un pouvoir que certains parents ne lâchent pas facilement. Les enfants, pour vivre leurs vies libres de cette pression, n'ont alors plus qu'à mettre de la distance. Sinon pas la moindre chance de faire leurs propres choix…

Et si nos systèmes fertiles se bloquaient rien qu'en voyant la tête des futurs grands-parents ? Théorie inquiétante... Ou au contraire, peut-être que c'est pour ça que je veux des enfants. Pour qu'un jour, mon enfant m'aime malgré tous mes défauts.

***

Des lectrices du blog ont écrit :
« Elle est jolie ta conclusion, que c'est pour qu'on nous aime malgré tout qu'on veut des enfants. »

« Je te tire en tout cas mon chapeau parce que quand belle-maman t'explique comment plier un sac tu ne t'énerves pas ! BRAVO ! »

« Je ne sais pas comment amener mon homme vers la théorie que c'est sa mère qui bloque mon utérus... J'ai peur qu'il ne le prenne pas comme une remarque purement scientifique, mais comme un avis désobligeant sur sa génitrice. »

« J'ai bien rigolé en imaginant la scène que tu es en train de vivre ! »

« *Pour ma part, ma belle-maman est une petite bonne femme à la mentalité très spéciale, qui est actuellement en pleine crise d'adolescence !* »

Patate 1 et Patate 2

Mon rendez-vous de 14 h 30 est déjà dans la salle d'attente du service. Je regarde le visage éteint du monsieur que je dois recevoir et (c'est atroce je sais), mais ça me donne envie de fuir par la fenêtre !

Je manque de cœur à l'ouvrage en ce moment...

La première raison se lit sur mes bras. Je compte une bonne dizaine de griffures et autres petits trous... (Mes chatons aiment mâchouiller amoureusement ma peau ou me balafrer en jouant). Pourtant les deux frangins sont adorables. Câlins. Beaux à croquer. Nous venons d'adopter un gang de deux petits gars de deux mois. Je me suis souvent dit qu'avec la PMA j'aurais peut-être des jumeaux... Du coup, j'ai trouvé que deux chatons c'était parfait pour mon transfert affectif ! Et puis ça nous a paru plus drôle.

Léon, 600 g, rouquin et Blum, 650 g, tigré (« Léon Blum », m'a dit mon chéri heureux de sa blague. Ce sera un hommage aux congés payés ! Il m'a fait rire alors j'ai accepté... Mais en secret, je les appelle Patate 1 et Patate 2 !).

Ils sont très joueurs et maladroits. D'où les griffures... J'ai encore un peu de mal à appliquer tous les préceptes de ma bible « comment éduquer un chaton ». Il est indiqué, par exemple, que jamais le chaton ne doit sortir ses griffes... Oui c'est cela... Et aussi que jamais il ne doit jouer avec nos pieds... Bien bien bien... Enfin bref, nous sommes des adoptants indignes ! Il faut qu'on se ressaisisse avant que nos chatons se transforment en fauves !

J'espère que ça sera plus facile avec notre futur bébé, mais j'ai comme un doute...

C'est finalement sur un site internet au milieu d'une dizaine de photos de chatons à donner que j'ai repéré les deux filous. Alors que tous les autres matous prenaient la pose devant l'objectif, mes deux poupouilles se chamaillaient. La photo les représentait en plein combat de gladiateurs. Le roux avec les poils hirsutes et le tigré l'œil retors. Deux boxeurs catégorie poids mouche à adopter !

La seconde raison de mon manque de motivation au travail doit, je pense, se situer dans mon prochain déménagement. Je fais des cartons. Les chatons défont les cartons (et les grignotent !).

Je range un livre. Mon chéri sort le livre. Celui que je viens de ranger évidemment (sinon ce n'est pas drôle !) parce que c'est justement celui-là qu'il veut lire. J'ai hâte que tout soit fini et d'être au mois prochain pour enfin commencer le protocole de la FIV2 !

***

Des lectrices du blog ont écrit :
« Moi aussi j'ai comme un doute sur le fait que ce soit plus facile avec un bébé humain ! »

« *Oui pas sûr du tout... Bienvenue à patate 1 et patate 2 !* »

« *Une première adoption de 2 chatons ! Félicitations !* »

« *Super Marie pour les deux patators ! Punaise, deux chatons de deux mois, ça doit être la sacrée fiesta dans ton salon !* »

« *Deux poids mouche d'un coup ! À mon avis tu ne vas plus avoir une minute à toi ! Exactement ce qu'il te fallait pour gérer au mieux l'emploi du temps de dingue qui t'attend avec la FIV2...* »

Poussettes et chiens sales

Il est 15 h. Un beau dimanche à Bobigny. Je viens à peine de déposer mon premier carton dans le nouvel appartement. Je descends satisfaite du devoir accompli et heureuse à la perspective de venir m'installer définitivement en fin de semaine. En passant devant une boulangerie, un sandwich appétissant semble me regarder. Le pauvre me fait de la peine et je décide d'entrer pour ne pas le laisser tout seul. Le joli petit thon mayonnaise abandonné en vitrine me sourit en entendant retentir le glingling de la porte.

L'endroit est chaud et odorant. Entre les éclairs au chocolat et les traditions, la vendeuse, une maigrichonne en tablier bleu, papote avec une cliente. Il me semble qu'elles se connaissent bien. La cliente est jeune, l'air bon chic bon genre et un peu pincée. Pas du tout le public du quartier... Le sujet du jour est l'ennemi numéro un de la rue. Le chien sale.

« Et vas-y que ça pisse partout ! Le long de la vitrine et sur le bord de la rue ! » se plaint la vendeuse.
« Horrible ! En plus je ne supporte pas les mesdames-chiens-chiens, c'est pathétique », répond la cliente.

Le ton est acide et péremptoire. Pas un brin d'humour dans les palabres. J'ai envie d'agripper mon sandwich et de m'enfuir pour le sauver de ces deux mégères.

« Hein que c'est insupportable tous ces animaux ? Ils ne feraient pas mieux de les laisser en liberté dans les campagnes ? » Je regarde à ma droite. À ma gauche. La première cliente vient de ressortir avec son paquet sous le bras. Personne d'autre que moi dans la boulangerie. Cette question m'est donc bien adressée... Je n'ai absolument pas envie de rentrer dans cette polémique stérile. Surtout que je viens à peine d'adopter mes deux Patates qui vont vivre toute leur vie enfermés dans un appartement... On est très loin de la vie en pleine campagne. Pas certaine que ça plaise à la ronchonne. Je pourrais aussi parler de mon transfert affectif sur mes deux chatons, mais là encore j'ai comme un doute...

La croûte du sandwich me fait un clin d'œil approbateur. Ne rentrons pas dans cette conversation. Je décide donc de rester silencieuse et je souris. La vendeuse semble un peu déçue par mon mutisme. Je pointe alors mon doigt vers la vitrine en demandant : *« Le joli sandwich baguette thon crudités, juste là, s'il vous plaît madame »*. Tout en comptant ma monnaie, le glingling de la porte retentit de nouveau. Une cliente.

Une nouvelle proie pour la vendeuse qui enchaîne immédiatement. Je n'existe déjà plus pour elle. *« Ça, c'est comme les poussettes ! Insupportables toutes ces poussettes dans les bus. Et je ne parle pas de celles qui bouchent l'entrée du magasin, une vraie plaie ! Elles se reproduisent toutes comme des lapines ! »*

La nouvelle cliente semble acquiescer. Chien ou poussette même combat ! Je pousse la porte du magasin en me demandant à qui peut bien s'adresser ce « *elles* »... J'ai secrètement hâte de revenir avec ma poussette pleine de bébés. J'espère que ça sera pour bientôt et que je pourrai encombrer l'entrée de son magasin à ma guise. La tête qu'elle fera en me voyant avec des triplés !

En rentrant vers l'appartement, je suis songeuse. Je croque un bout de mon sandwich qui gazouille de plaisir. La salade est fraîche. La mayonnaise excellente. Dommage que la vendeuse soit une insupportable râleuse parce qu'elle vend de bons produits.

Ce qui est marrant avec les gens qui se plaignent sans arrêt, c'est qu'il s'agit en général de bêtises. Pas des vrais combats. On ne se plaint pas d'une maladie grave. D'un deuil ou d'une terrible déprime. On n'entend pas, entre les petits choux à la crème d'une pâtisserie, des clientes parler de leurs problèmes de fertilité ou de la prochaine adoption qui fait peur. Non, quand on se plaint dans un commerce, c'est en général pour les petits tracas insignifiants de la vie... Un chien qui urine ou une poussette qui prend trop de place... On ne voit même plus la beauté du bébé qui entre dans son magasin. On ne voit que l'horrible voiturette qui encombre le passage. La nature humaine me fait rire parfois...

***

Des lectrices du blog ont écrit :
« *Une question : comment as-tu pu digérer ce sandwich en même temps que ces paroles de vieilles peaux débiles !* »

« *Ces gens râlent pour le plaisir de râler... C'est fou !* »

« *Sauveuse de sandwich ! Pour la vendeuse qui se plaint sans arrêt, j'ai la même, mais en coiffeuse !* »

« *Voilà une petite histoire qui reflète bien la vision que j'ai également de certaines personnes... Mais je pense qu'on est toutes très impliquées dans notre désir d'enfant au point que tous les petits problèmes et autres jérémiades de ceux qui nous entourent nous semblent bien futiles...* »

« *Un cruel dilemme désormais pour toi : le plaisir de goûter de nouveau à ce bon sandwich ou ne pas avoir à supporter la désagréable vendeuse ?* »

« *Un petit commentaire d'une vendeuse (pas maigrichonne) en boulangerie pour préciser que les clients sont experts en plaintes diverses et que c'est parfois fatigant de les entendre rabâcher leurs jérémiades !* »

« *Quel incroyable courage de ne rien avoir dit ! Aurais-je su tenir ma langue ? Rien n'est moins sûr...* »

Un sorcier

Être dans l'attente, pleine d'espoir et de doute rend fragile et vulnérable. Et une personne vulnérable est une proie facile...

J'ai eu du mal à admettre que j'étais cette personne et que je devais rester vigilante. Le mail que je reçois ce matin finit de me convaincre que, dans la vie, il ne faut jamais faire confiance trop vite... *« La main sur le cœur je te parle. »*

Déjà il me tutoie... Je n'aime pas bien ça...

Mais je continue la lecture du mail que je viens de recevoir tout en mettant une main solennelle sur mon sein droit pour toucher mon palpitant...

À moins que le cœur ne soit à gauche... Vérification pour plus tard... Je reprends le mail...

(Les fautes d'orthographe sont réelles !)
« Je suis un soignant spirituelle et sache que tous problème de stérilité est causé par un esprit que nous connaissons très bien et s'est un secret que nos ancêtre nous on laisser avant de mourir. Je

suis du Niger et je vie au Bénin avec ma petite famille. Je vous invite à venir ici au bénin pour que je vous traite 1 semaine et vous aurez le résultat avant de partir. Alors vous viendrez avec votre conjoint et ferrez l'amour dans l'hôtel ou vous dormez puis un test de grossesse. Le traitement à distance est possible. Mais ce que je conseille à mes clients c'est de venir sur place pour éviter les doutes. Je ne peux pas tous détaillé mes appelez-moi pour que je vous donne le nécessaire à acheter pour dégager votre mal. En récompense je voudrai 2 voitures bus d'occasion en Europe peu importe le modèle. Si possible des bus accidentés, car cela coute moins chers. Parlez en si vous voulez à vos amies qui sont dans le même cas et faite un voyage en groupe pour vous soigner. »

En fermant mon mail, j'avoue que je ne peux pas m'empêcher de rigoler. Alors là je tiens un poisson bien costaud !

Ça pourrait être insultant de se faire prendre pour une bleusaille à ce point-là... Il y aurait de quoi se mettre en colère. Et puis je croyais que j'avais déjà fait le tour de tous les tarés de ce monde... Mais là on passe un stade. C'est du lourd dans l'arnaque. Nous tenons un pape de la manipulation. C'est tellement flagrant qu'on croirait un gag !

Non, mais il est fou le type. Ça ne peut pas marcher...

Qui peut aller faire l'amour dans son hôtel ? C'est un coup à se faire violer par le sorcier ! Même aveugle, unijambiste et sous acides, jamais je n'irai chez ce type !

Il est fort le gars ! Avouons-le et faisons-lui une ovation ! Jamais on aura fait une arnaque aussi nulle ! Il mérite une médaille !

Finalement, après relecture, je trouve ça un peu triste.

Vous vous rendez compte à quel point le type est mauvais en escroquerie ? J'espère qu'il a une autre activité pour vivre parce que sinon il a de quoi se faire du souci. Et puis c'est fou quand même le nombre de types malhonnêtes qui ne doutent de rien et qui tentent de se faire de l'argent sur notre infertilité. J'en reste sans voix...

J'imagine déjà la tête de Sidi si je lui demande d'installer les deux Patates à l'arrière d'un bus en direction du Bénin...

***

Des lectrices du blog ont écrit :
« Tu crois qu'on doit se cotiser pour lui envoyer un bus accidenté à ce pauvre malheureux ? Parce que tu as raison jamais il ne se fera d'argent avec son escroquerie ! »

« Moi, c'est la "récompense" qu'il demande qui me fait plier de rire... Des voitures accidentées, car cela coûte moins cher ! »

« Franchement, j'étais morte de rire ! Mais ce qui est triste, c'est qu'elle marche peut-être cette arnaque. »

« Je suis béninoise et c'est vrai que la sorcellerie est très présente dans la culture béninoise, mais j'ai bien ri. Ça a fait rire ma mère aussi, car dans l'arnaque ils sont forts, les Béninois ! »

« Reste plus qu'à aller faire la patate sur une banquette pourrie de bus, si possible accidenté, en buvant des tisanes contre l'infertilité ! »

« Trop fort le coup du Bénin et on part quand ? »

Le fouineur

Vendredi 17 h. Trente degrés. Le dernier carton est dans le nouvel appartement. Jusqu'à présent, aucune casse hormis une petite lampe blanche qui a rendu l'âme, écrasée entre deux fauteuils. Parfait. Je m'assois sur mon joli balcon pour siroter mon pschitt orange. Le soleil dore mon visage. Un oiseau prépare son nid en me regardant et la boisson glacée coule dans ma gorge. Le début du bonheur...

« Vous savez que vous n'avez pas le droit d'entreposer vos cartons sur le balcon ! » Mon imagination me joue un tour. Il est inconcevable qu'on me parle en ce moment de plénitude. J'ignore donc la voix qui ne doit, de toute façon, pas s'adresser à moi. Impossible. *« Elle m'entend pas la petite dame ? On n'entrepose pas sur le balcon, c'est dans le règlement de copropriété ! »* Plus de doute possible. C'est bien moi *« la petite dame »* à qui s'adresse la voix. J'ouvre un œil et j'aperçois un tout petit monsieur aux cheveux blancs qui m'observe depuis le balcon d'à côté. Première journée à Bobigny et déjà un voisin fouineur ! Je prends mon plus beau sourire et je me lève pour répondre que nous sommes en plein déménagement et que, effectivement, les cartons ne sont pas destinés à rester sur le balcon.

« Oh, mais elle est enceinte la petite dame ! »

Le vieil homme s'esclaffe en lorgnant sur mon bidon plein de pschitt orange. Et moi qui viens de perdre trois kilos en prévision du prochain rendez-vous avec la PMA... Un comble ! Certes je ne suis pas mince, mais de là à me croire enceinte ! Je viens de me faire humilier par un nain grognon... La honte...

« Non Monsieur, je ne suis pas enceinte. Peut-être voulez-vous insinuer que mon tee-shirt me boudine ? »

Le petit homme ne répond rien et devient tout rouge. Il se racle la gorge et regarde ses pieds. Il a l'air gêné. Tant mieux ! Il affiche un sourire coincé et me dit que non, je suis très bien habillée. Il y a eu méprise. Bien sûr que non je ne suis pas enceinte, *HUM HUM* et *HUM HUM* il va rentrer, car le soleil tape fort et bonne fin de déménagement ma petite dame. Je reprends ma boisson un peu réchauffée et tente d'oublier l'importun... Je recolle mon orgueil avec quelques grammes de boisson sucrée.

Cette fois-ci, je ne ferme pas les yeux et j'observe le voisinage. Je préfère voir arriver l'ennemi. Ça me paraît plus sûr...

L'immeuble d'en face n'est pas très loin et d'une fenêtre ouverte, j'entends les gazouillis d'un bébé. La maman le porte amoureusement et semble lui faire prendre un bain de soleil. Derrière elle, deux petits enfants (peut-être trois ou quatre ans ?) s'amusent avec le papy sur la table basse. Tout le monde est joyeux. Ils parlent fort dans l'air chaud de la fin de journée. Trop de bonheur à observer d'un coup. J'ai comme des picotements dans le cœur... Je sens la désagréable sensation qui monte en moi... Du vague à l'âme... Peut-être est-ce à cause du fouineur qui a cru que j'étais enceinte ? Ce n'était pas bien grave, mais ça m'a rappelé combien je ne l'étais pas, enceinte...

Les rires et les cris qui se croisent dans l'appartement douillet d'en face remplissent mon horizon. Je n'aime pas être négative et je crois ne pas l'être souvent, mais là, en observant la scène de famille, je me sens tout à coup d'humeur maussade. Je me demande si je pourrai, moi aussi, faire prendre le soleil à mon bébé... Si je pourrai jouer sur la table basse avec mes petits enfants... Pas toujours si facile de garder le poing levé...

Mais le temps n'est pas au spleen. Un violent bruit de casse retentit derrière moi. Mon chéri vient de lâcher le carton de vaisselle qu'il portait dans la cuisine. Il hurle en maudissant ce déménageur incompétent qui a osé poser cette table basse juste devant son pied. La mauvaise foi de mon amoureux me fait rire.

L'heure n'est pas à la rêverie et la vraie vie m'appelle. Je dois sauver les dernières assiettes du service de table.

***

Des lectrices du blog ont écrit :

« Le tact incarné ce voisin ! Moi aussi ça m'arrive parfois d'observer de ma fenêtre le parc en bas de chez moi. Les enfants qui jouent avec les mamans qui parlent entre elles. Souvent, je les trouve beaux et parfois je suis envieuse ou triste en les regardant... C'est la vie... »

« Ah lalalala moi aussi je suis rondouillette et on m'a déjà demandé si j'étais enceinte ! La honte absolue ! »

« Ce voisin est effectivement un fouineur. Pour la scène de bonheur, c'est normal que ça affecte un peu par moment... C'est un combat quand même, n'oublions pas ! »

La vision d'un homme...

Une chose est certaine, les femmes sont beaucoup plus représentées sur les forums qui ont pour sujet l'infertilité. Je n'ai presque jamais croisé un homme qui venait papoter de son parcours ou échanger pour trouver du soutien. D'ailleurs, mon chéri n'y va jamais. J'imagine qu'ils ont d'autres endroits pour en parler.

Peut-être le vendredi soir, quand ils vont boire une bière en sortant du travail avec leurs amis ? Nos hommes en parlent-ils alors ? J'en doute. Je n'imagine pas mon amoureux mâchouiller une cacahuète tout en expliquant à son collègue comment il a rempli le bocal de sperme grâce à la jolie brunette en talon haut du magazine mis à disposition par le laboratoire. Cette idée m'amuse, mais non, je ne crois pas que le sujet soit abordé. Pourtant nous, entre filles, nous parlons de nos ovaires cachotiers ou de nos muqueuses molletonnées. Pourquoi pas eux ?

Ils semblent vivre ce parcours avec plus de sérénité que nous. Déjà, avouons qu'eux ne se font pas piquer telle une passoire à coup d'hormones. Rien que ça, ça doit aider à rester calme. Et puis je crois que certains hommes, et le mien en fait partie, verbalisent moins leurs sentiments que nous, les femmes.

Mais comme en toute chose il existe son contraire, j'ai croisé ce matin un homme infertile sur un forum. Un de ses commentaires m'a amusée. Il comptabilisait le nombre de « mots » utilisés pour nommer les spermatozoïdes.

C'est vrai qu'on se lâche ! Nous avons toutes un petit mot bien régressif pour parler *« des têtards d'amour »* de nos chéris ! Les *« zozos »*, les *« totos »*, les *« zozoides »*... Nous ne manquons pas d'imagination ! Cela doit avoir une signification... Une envie de légèreté au milieu de toute cette science ?

Qu'est-ce qui nous pousse à utiliser des mots rigolos ? Un besoin de faire reculer la froideur des protocoles ? Peut-être bien... Plaisanter, c'est déjà atténuer un peu la douleur de l'attente...

Je me suis demandé pourquoi l'auteur avait dressé cette liste. A-t-il trouvé irrévérencieux tous ces petits noms ? Ne dit-on pas que l'homme est très susceptible sur sa masculinité ? L'histoire ne le dit pas... Mais j'ai trouvé ça amusant qu'il liste les appellations ! Et puis il dit vrai. Nous adorons nous servir de sobriquets amoureux pour parler de la virilité. Nous pratiquons régulièrement les *« petits sportifs »*, les *« mini-chéris »* ou *« les zozos tous nazes »*... Après tout, ne sommes-nous pas des femmes amoureuses ?

***

Des lectrices du blog ont écrit :
« Une femme amoureuse est taquine ! »

« C'est certain que les hommes vivent différemment ce parcours d'infertilité. J'ai lu le livre Les verrous de l'inconscient et ça m'a beaucoup appris sur les hommes justement. J'ai en effet commencé

un travail thérapeutique qui me fait du bien. Je ne sais pas si cela m'apportera un bébé, mais ce qui est sûr, c'est que j'apprends beaucoup sur moi et sur le couple que je forme avec mon mari. Les relations compliquées avec ma famille... Ma mère en particulier... Tiens, "mère" ai-je dit, inconscient quand tu nous tiens ! »

Les bons conseils...

7 h 30 devant le laboratoire. Une énième prise de sang pour actualiser mon dossier pour la prochaine FIV. Rubéole et compagnie... Je suis lassée de refaire les mêmes examens tous les six mois. Et après, on me dit que la Sécurité sociale se meurt. Cherchez l'erreur. Je suis fatiguée et je n'ai pas trop envie de mettre le nez dans le dossier violet qui m'attend sur le bureau. Pour me donner du courage, je déambule nonchalamment sur internet. Un article m'amuse. Un classement des phrases à ne surtout pas dire à son enfant... Ça promet d'être croustillant ! Il y en a pour tous les goûts, de : « Tu vas me rendre folle ! » à « C'est pour ton bien ! » en passant par « Avec toi, c'est toujours la même chose ! »

Je souris en me disant que c'est tout à fait le genre de phrase que je suis capable de dire à mon enfant... Et au papa aussi ! Mais c'est défendu. L'article ne plaisante pas. C'est du sérieux. Il paraît que l'enfant peut développer un sentiment de rejet et penser que sa maman ne l'aimera que gentil et assujetti à son désir... Je suis sceptique... Moi je veux un enfant drôle, gentil et qui débarrasse la table... Ça me va tout à fait s'il est « assujetti à mon désir »... C'est mal ? Reprise de la lecture. L'enfant est un être sensible... (Pfff)...

Il paraît qu'on n'a pas le droit de rendre son enfant maboul en le faisant culpabiliser... C'est incroyable ! Il est par exemple interdit de lui dire, après chaque bêtise : « Moi qui ai supporté tant d'épreuves pour t'avoir ! » Et que dit-on, alors, quand bébé commence à mâchouiller le fil de la télévision ?

La réponse arrive un peu plus bas. L'article explique qu'à la place de : « Tu vas me rendre folle », il faut dire « Je n'aime pas ton comportement ». Sur le coup, ça ne me paraît pas tellement mieux, mais admettons... Je suis preneuse de tous les bons conseils de tonton Internet. Après toute cette galère de PMA, le comble serait qu'on place mes petits pour mauvais traitements !

Minute de réflexion... Mais pourquoi l'article ne liste QUE les phrases à ne pas dire à son enfant ? On pourrait aussi bien dresser une liste des phrases à ne pas dire dans tout un tas de situation !

Par exemple :
- Les phrases à ne pas dire à sa voisine : « Oh, mais vous êtes enceinte »... Alors que personne n'est enceinte !
- Les phrases à ne pas dire à un repas de famille : « Alors c'est pour quand le bébé ? Il faudrait s'affoler un peu quand même, tu ne rajeunis pas... » No comment...
- Les phrases à ne pas dire à sa belle-mère : « Belle-maman, quand on aura enfin notre bébé, vous serez toujours aussi rigide ou ça vous adoucira de devenir grand-mère ? » À éviter parce que trop dangereux…
- Ah mon avis, on ne doit pas non plus dire à son patron : « Je vais arriver en retard toute cette semaine à cause du protocole pour la FIV, ça ne vous embête pas ? » En tout cas, à ne jamais dire si on n'est pas absolument certain de la réponse...
- Je pense qu'on ne doit pas non plus dire : « Fiche-moi la paix avec ton 5ᵉ gamin espèce d'idiote ! » à sa collègue qui vous annonce la

bouche en cœur sa grossesse alors que vous en êtes toujours à vous doper aux hormones... Certes, je ne l'ai jamais dit, mais j'en crève d'envie !

- Oh et ne jamais dire : « C'est une blague ? » À un escroc de gynécologue qui vous demande de payer 100 euros le rendez-vous de 1 minute 30 pendant lequel il a juste dit qu'un an d'essai ce n'est rien et qu'il faut attendre (vieux souvenir de ma première consultation !). Le téléphone sonne. On ne peut jamais être tranquille ! Je dois arrêter là. Le trombone du dossier violet me fait de l'œil pour que j'ouvre la couverture.

***

Des lectrices du blog ont écrit :

« Je pense qu'il ne faut jamais dire : "Mais ça va venir tout seul, pourquoi tu paniques comme ça ?" à une amie infertile qui galère depuis 2 ans pour tomber enceinte ! Et ne jamais dire non plus "Ça viendra dès que t'y penseras plus" à la même copine... Enfin, si on veut la garder comme copine bien sûr ! »

« Effectivement, c'est incroyable qu'on ne puisse pas faire culpabiliser nos propres enfants ! Ma mère n'a pas dû lire tous ces conseils ! Ma phrase à ne surtout pas dire serait : "C'est tellement merveilleux un enfant, il n'y a rien de mieux dans la vie !" surtout devant une Pmaiste qui n'est pas du tout certaine d'en avoir un jour... »

« On ne devrait jamais nous dire : "28 ans, mais vous êtes encore jeune pour avoir un enfant !" »

« La phrase interdite : "Tu ne peux pas comprendre, tu n'as pas d'enfant !" »

« Les phrases à ne pas dire à une femme qui en crève de ne pas avoir d'enfant : "Voici un utérus normal... et voici le vôtre !" »

La folie !

Un truc me rassure dans la vie... C'est que même si l'infertilité rend maboul, on ne s'en sort pas si mal !

Voilà donc ce que je lis ce matin sur internet : *« Une femme soup-çonnée d'avoir tué une jeune femme de 23 ans et le bébé qu'elle portait dans son ventre avec le projet de faire croire qu'il s'agissait du sien, a été arrêtée au nord des États-Unis, a indiqué lundi la police. "Le rapt de fœtus est quelque chose de rare, mais malheu-reusement cela semble être le cas dans cette affaire", indique la police, dans un communiqué. Le site internet indique que la femme arrêtée se prénomme Rodriguez et celle qui a été tuée, Marita. Le rapport indique que Rodriguez serait partie jeudi dernier à la recherche d'une femme enceinte. Elle serait tombée sur Marita et lui aurait proposé de la ramener chez elle en voiture. Lorsqu'elle en serait sortie, Rodriguez l'aurait frappée à plusieurs reprises avec une batte de base-ball, avant de l'étrangler puis de lui ouvrir le ventre avec un couteau afin d'en extraire le bébé, essayant, selon ses propres dires, de réaliser une césarienne telle qu'elle en avait vu sur la chaîne Discovery Channel. Rodriguez aurait ensuite appelé les services d'urgence disant avoir accouché, mais que le bébé ne respi-rait pas. »*

Cet article me laisse perplexe. C'est incroyable ! Et puis on se croirait dans un téléfilm ! Elle est vraiment folle cette Rodriguez.

JAMAIS, mais alors JAMAIS je ne ferai de stop en étant enceinte !

C'est terrible, mais surtout très triste. Certaines femmes font des dépressions tellement graves, par manque d'enfant, qu'elles perdent pied avec la réalité et deviennent incontrôlables. J'avais déjà entendu parler de femmes qui volent des bébés dans des maternités... Extrêmement marginal, bien sûr, mais tout de même symptomatique de la douleur de l'attente et du manque. Du manque de bébé. De l'obsession que peut devenir ce bébé qui n'arrive pas.

Ne peut-on pas trouver un autre sens à sa vie que celui de la maternité quand, au bout du chemin de la PMA ou de l'adoption, rien n'a marché ? Je n'ai pas de réponse. Juste l'espoir d'avoir un enfant un jour. Ou, si ça n'arrive jamais, d'être heureuse quand même...

Et en tout cas j'ai une certitude : il y a plus folle que moi !

***

Des lectrices du blog ont écrit :
« C'est atroce ! Elle ne pouvait pas aller le voler dans une maternité à la place ? Tant de complication ! »

« Tu as raison ! Elle se complique drôlement la vie cette folle ! Un bon vieux parc pour enfants et hop hop on part avec un petit sous le bras ! »

« Pas sous le bras, dans le cabas de courses, c'est plus discret... »

« *Alors, ça, je l'ai vu dans un épisode de Private practice sur la 2. C'est une série américaine, autour d'un cabinet, qui a psy, généraliste (chirurgien à ses heures), pédiatre, gynéco (la fabuleuse Addison Montgomery) et surtout la spécialiste FIV qui lance des FIV en 1 journée et qui s'exclame devant son microscope : "Je m'en fiche de tes coucheries, tu ne vois pas que je crée la vie !"* »

« *Le truc c'est que mis à part que c'est une malade et qu'en plus elle n'a pas choisi la méthode la plus simple, elle a quand même tué un bébé et sa mère ! Pas certain qu'elle aille au paradis (oui bon je ne sais pas si ça existe, mais j'ai tellement regardé Les Routes du Paradis, avec Michael Landon que je suis lobotomisée !) N'empêche, certaines pètent les plombs avec cette histoire d'infertilité... Une grosse dépression et hop, elles partent en vrille... Ça fait peur !* »

Catastrophe

Je reçois ce matin un appel de l'infirmière du gentil Docteur O. de l'hôpital Bichat avec qui nous avions rendez-vous en octobre pour fixer la date de la FIV2. En principe, FIV2 pour novembre nous avait-on dit...

Le rendez-vous était pris depuis juillet alors on y tenait. C'était un peu notre Graal à nous. Et puis le Docteur O. était le médecin le plus humain qu'on ait eu depuis le début de notre aventure de PMA. Il y a 6 ans déjà. Bref, nous attendions avec impatience ce rendez-vous.

À l'autre bout du fil, une voix laconique m'indique que le Docteur O. quitte l'hôpital Bichat. Il part vers d'autres aventures professionnelles. Les dossiers sont repris par le Docteur F. Une collègue très sympathique... Il ne manquerait plus qu'elle soit désagréable en plus !

Donc le rendez-vous d'octobre est annulé. Rendez-vous reporté à fin novembre. Quelques semaines, ce n'est pas grand-chose. J'en conviens.

Mais le Caliméro dans ma tête ne peut s'empêcher de me susurrer que c'est une catastrophe... (je suis consciente que c'est incroyablement exagéré comme réaction, mais sur le moment c'est incontrôlable). Je sais bien que ce n'est qu'un médecin. On en change et puis c'est tout. Pas de quoi en faire une affaire d'État. Mais j'ai peur de tout recommencer avec un nouveau docteur. Cette réaction est ridicule. Tout va bien. Cela ne nous retarde que de quelques jours. Mais je ne parviens pas à maîtriser mon stress. Tous ces changements me fatiguent et me rendent paranoïaque. Je panique à l'idée que le nouveau docteur puisse refuser de programmer la prochaine FIV. La PMA fait-elle toujours de nous des femmes à bout de nerfs ?

En principe, je suis une fille plutôt capable d'adaptation. Je suis positive et zen. À croire que toutes ces années de protocoles m'ont rendue inapte à vivre toute modification dans la sérénité. Heureusement, une collègue entre dans le bureau avec un café. J'avais pourtant demandé du thé ! Je lui lance un regard noir et je relève avec délectation son infamie. Je suis soulagée, au fond, de pouvoir m'en prendre à quelqu'un. C'est injuste, mais ça me permet de me détendre. La PMA rend sadique !

***

Des lectrices du blog ont écrit :

« Je suis comme toi, à force d'attendre bébé, je deviens un peu parano et je ne supporte pas les changements. Mais tout se passe bien en général donc respire et ne tue pas ta collègue. »

« On se prépare à beaucoup de choses dans l'aventure de la PMA, mais surtout pas à des imprévus ! Ce qui est banal pour le commun des mortels devient horrible pour nous ! Un changement de rendez-vous, un changement de docteur, un changement de protocole, passer de la FIV aux IAC... Bref, on est prête à supporter la douleur ou l'angoisse, mais pas l'imprévu ! »

« Qu'est-ce que je te comprends ! Moi, ce genre de truc, même si ce n'est pas dramatique, ça peut me mettre dans des états pas possibles. »

« En PMA, un petit changement de programme peut être ressenti comme un énorme drame !! Déjà c'est tellement compliqué de s'y retrouver dans ce protocole de fou, entre tous les rendez-vous et les examens... »

« Pour moi, le moindre changement, c'est l'horreur en PMA. J'ai pleuré pendant 1 h quand j'ai dû refaire un dosage d'œstradiol pour ma FIV... Oui je suis folle, j'avoue. »

Je n'en peux plus d'Amélie Nothomb

Ce qui est fou avec la famille, c'est qu'on a beau expliquer, encore et encore, on a parfois l'impression qu'ils ne comprennent toujours rien. Enfin moi, j'ai cette impression. Je pense que le blog n'aide pas. À force de lire des chapitres combatifs et positifs, la famille, enfin ma famille, ne voit plus du tout le côté douloureux de la PMA. « Bah oui tu es toujours tellement positive ma fille ». « C'est que ça ne doit pas être si dur ». Ils viennent à peine d'arriver et, déjà, ils me rendent marteau !

Pour leur défense, je conçois que ça ne doit pas être simple pour eux non plus. Ils ne doivent pas savoir comment aborder le sujet. J'imagine bien le François dire à la Ginette : « Attention, pas de gaffe avec cette histoire de bébé, elle est susceptible la môme ».

Du coup, des gaffes, ils en font constamment ! Je suppose que je suis centrée sur mon problème de fertilité et que cela me rend exigeante. J'aimerais qu'ils m'encouragent et prennent des nouvelles sans pour autant larmoyer ou minimiser la difficulté. Un juste milieu qui doit être compliqué à trouver pour notre entourage. Surtout que chacun à son lot de bataille. Nous n'avons pas l'exclusivité des moments douloureux à traverser.

OK, ne sois pas trop dure… Respire... La journée va être longue…

Prise dans ma réflexion, la garde baissée, je reçois un nouvel uppercut du François : « Et puis cette histoire de bébé qui ne vient pas, ça t'a donné l'occasion de faire un bouquin ! »

Je réfléchis et je mets dans la balance un bouquin et un bébé... Des années d'attente et une maison d'édition... Et franchement, la balance penche sans hésiter d'un côté... Et ce n'est pas celui du livre ! (Et pourtant, Dieu sait que j'adore ce projet de livre !).

J'attaque un bretzel pour me réconforter et LE sujet que je redoutais arrive : Amélie Nothomb. Elle, je ne peux plus la piffrer ! Pas pour ses romans. J'aime ce qu'elle écrit. Surtout les premiers : *Métaphysique des tubes* et *Stupeur et tremblements* que j'ai dévorés. Non, le seul problème avec Amélie Nothomb, c'est qu'elle a dit dans une interview qu'elle n'avait jamais eu envie d'enfant et qu'elle n'en voyait pas l'intérêt. Depuis, dès que je tente d'expliquer combien le combat contre l'infertilité est parfois dur, on me ressort systématiquement cette interview. « Bah tu vois que toutes les femmes ne réagissent pas comme toi ! » Minute de silence... Non, mais ils vont donc jamais me fiche la paix avec Amélie Nothomb ? Je ne suis pas Amélie Nothomb. Je m'en fiche complètement de ses désirs ou non d'enfant. Je ne vais quand même pas me justifier d'avoir envie d'un enfant, si ? Donc ce midi repas de famille… On croque dans les bretzels en buvant de l'orangeade, le soleil brille et la conversation tourne autour d'Amélie Nothomb. Je n'en peux plus et je m'évertue à changer de sujet. Et Édouard, comment va-t-il ? « Oh oui vous ne savez pas ? » dit une convive l'air enjouée. « On va de nouveau être grand-parent ! Quel bonheur ! Le 3e petit-enfant qui va arriver ! » Nouvelle minute de silence... Je tente de m'étrangler avec ma serviette de table en pensant que, décidément, ce n'est pas ma journée...

***

Des lectrices du blog ont écrit :

« La nature est mal faite parce que l'infertilité devrait la toucher elle (Amélie Nothomb qui ne veut pas d'enfant) et pas nous ! M'enfin, c'est le jeu, ma pauv' Lucette. »

« OK Amélie Nothomb est une femme qui a écrit de bons livres, mais elle a aussi écrit des choses qui peuvent mettre en doute son équilibre psychique ! Alors non ! Elle n'est pas du tout un exemple pour toutes les infertiles ! Et si ta famille en doute, je peux te faire parvenir un exemplaire de son livre l'Attentat à offrir en cadeau de Noël ! Ça va les calmer ! »

« Les femmes qui ne veulent pas d'enfant par choix sont extrême-ment rares ! Soit elles sont un peu barges comme Amélie Nothomb, soit elles ont peur d'abîmer leur corps et de perdre leur compagnon comme Arielle Dombasle. »

« Je n'en peux plus d'entendre : "si tu n'as jamais d'enfant, ce n'est pas bien grave, les enfants ça cause tant de problèmes". Ras de bol d'entendre toutes ces bêtises ! Des fois j'ai envie de hurler ! Parce que tu réponds quoi à ça ? : "T'es vraiment une sale hypo-crite, toi qui a eu 5 gamins, t'étais bien contente de les avoir non ?" »

« Concernant Amélie Nothomb, quand on mange des fruits pourris et qu'on s'en vante à la télé (chez Ardisson, il y a quelques années) il faut peut-être mieux pas en avoir des gosses ! »

« Ma mère, aïe aïe ma mère, la sacrée mère qui me dit qu'elle ne comprend pas pourquoi je ne suis pas fertile alors qu'elle était si fertile, qu'elle a eu deux avortements et qu'elle sait précisément quand j'ai été conçue ! »

« Dans ma famille, on s'est même permis un jour de me glisser :
"la PMA, quand même, c'est bizarre : quand la nature ne veut pas,
elle ne veut pas, il ne faut pas la forcer !" »

Martine a ses coquelicots !

S'il y a bien une chose que j'ai appris à détester en 6 ans de combat contre l'infertilité, c'est bien mes règles.

Les menstruations pour les scientifiques, *les ragnagnas* pour les enfantines, *les Anglais* pour les Européennes, *la lune rouge* pour les communistes, *les périodes* pour les comptables, *les petits Indiens* pour les Normandes, *les klotes* pour les Belges, *les isabelles* pour les poètes, *les culottes françaises* pour les révolutionnaires, *les jacques en journée* pour les centenaires, *les Mickey* pour les amatrices de dessins animés, *la semaine ketchup* pour les gloutonnes...

Enfin bref, je les abhorre ! J'ai compté que depuis la date du premier essai bébé, j'ai eu 72 fois *mes coquelicots...* 72 fois j'ai espéré, en secret, ne pas les avoir.

À chaque retard, la même illusion qui se ravive... « Et si cette fois-ci j'étais enceinte ? »

En février, pendant l'attente de ma FIV, le docteur m'avait donné, comme à chaque fois, la date pour réaliser la prise de sang annonciatrice des résultats.

Le jour J arrive après une attente interminable : aucune indisposition... Pas le moindre signe. Après une longue hésitation, je décide de ne pas me rendre au laboratoire et d'attendre le lendemain. Après déjà trois échecs d'insémination, je suis un peu traumatisée par cette fameuse lecture des résultats et je me dis que, sans doute, j'aurai *mes spaghettis à la tomate* dans la nuit donc pas la peine de me faire piquer. Aujourd'hui il fait beau, autant pleurer demain !

Je me retourne dans mon lit toute la nuit. Je vis en songe la lecture des résultats. Mon visage qui s'illumine en apprenant que, enfin, un embryon a bien voulu s'accrocher à ma muqueuse. Cette fois-ci c'est sûr, je vais nous le pondre ce petit têtard !

Au réveil toujours rien. Mon petit slip en coton est d'un blanc immaculé. Je ferme la porte de l'appartement dans un état de stress extrême, direction le laboratoire. J'arrive devant une grille close. Étrange. Je vérifie ma montre. 7 h 45, l'heure habituelle. Une petite affiche indique que le laboratoire est fermé pour deux jours. Incroyable !

Bien sûr, je peux aller au laboratoire trois rues plus loin, mais je vois un signe dans cette fermeture exceptionnelle. En six ans de prises de sang régulières, jamais cette porte n'avait été fermée. Je pars donc travailler, déjà certaine que je n'arriverai pas à me concentrer sur mes dossiers.

À midi, aucune trace d'hémoglobine.
Au coucher, toujours rien.

Le lendemain non plus. Finalement, je fais une prise de sang deux jours plus tard alors que mon esprit malade a déjà commencé à imaginer la couleur de la chambre du bébé.

Quatre heures plus tard, le résultat. Je ne suis évidemment pas enceinte et *le roi rouge* débarque exactement six heures après la prise de sang. J'imagine que je me suis tellement stressée que j'ai dû tout bloquer. C'est ça ou le dieu de la fertilité se fiche carrément de moi. Mais je n'ose pas croire qu'il puisse être si sadique !

Ce qui est fou, c'est d'avoir toujours un doute. Chaque mois, une minute d'espoir.

Ce mois-ci ne fait pas exception. J'ai un doute ! À croire que je suis atteinte d'un Alzheimer extrêmement précoce. Ou bien je suis bonne à jeter par la fenêtre tellement je suis naïve ?

Parce que d'après mon calendrier, la boîte de Tampax devait être ouverte depuis lundi. Mais rien. Déjà trois jours de retard. Enfin, le mot retard n'est pas approprié puisque mes cycles ne sont jamais réguliers. Je le sais. Mais je ne peux pas m'empêcher de me dire que peut-être, sur un malentendu… Ridicule. Je le sais. 72 fois que ça me fait le coup. Il faut que j'en parle à ma psy !

***

Des lectrices du blog ont écrit :
« *Pour moi, c'est le tsunami dans la culotte... !* »

« *Moi, je les appelle "les cousines"... Je ne sais absolument pas d'où ça sort !* »

« *Alors pour moi, c'est "Jean-Pierre" qui s'incruste malheureusement tous les mois (ben oui il a présenté zone rouge...). Et moi-même quand la prise de sang dit négatif, je ne peux m'empêcher d'espérer !* »

« Pour ma part c'est "j'ai mes trucs" ».

« Quand j'ai mes semaines rouges, chaque mois, j'ai mal au ventre et un peu la nausée... Eh bien bingo ! À chaque fois, je me dis que je suis enceinte alors que c'est la même chose depuis mes 13 ans ! Si ça, ce n'est pas être une grande malade ! »

Une très chère collègue

Encore un examen. Le dernier avant le rendez-vous avec le nouveau docteur. Je dois être à 9 heures métro Pyramide pour une échographie. Peut-être la 50e échographie en 6 ans ?

Heureusement que je n'ai pas l'utérus timide ou pudique, sinon ça pourrait devenir pénible.

À 9 h, l'infirmière plutôt avenante de l'accueil m'informe d'un petit retard.

À 9 h 15, j'entame un article de magazine sur le bébé de la 1ère dame de France. Une petite Giulia. Pauvre mémère, elle ne va pas s'amuser tous les jours avec des parents comme les siens.

À 9 h 30, je décortique mon horoscope. Les verseaux doivent rester attentifs à leur santé et à leur portefeuille. Leur libido est boostée par la lune et le mercure en fond promet des nuits torrides... Avec les coquelicots de Martine, ça va être pratique, je ne vous raconte que ça !

À 9 h 50, je commence à paniquer pour mon rendez-vous de travail qui est fixé dans à peine une heure à l'autre bout de la ville.

Je n'ai plus le choix. Il faut agir. Je sors dans le couloir pour téléphoner à la secrétaire du service. L'objectif : expliquer la bouche en cœur que mon train a du retard, mais pas de panique, j'arrive. Elle note sans me répondre, et me raccroche au nez en soufflant.

Une vraie taulière celle-là !

Une heure plus tard, en ouvrant la porte du bureau, j'ai l'air embêtée et offusquée de celle qui ne supporte plus la SNCF. J'en rajoute une couche en pestant contre la RATP et allume mon PC.

Je compte jusqu'à trois en attendant mon boulet quotidien.

Bingo ! La porte s'ouvre sur une petite femme âgée, les traits tirés d'un militaire en mission, le regard vide et le cheveu court et filasse.

La taulière ne sourit pas. Elle me tend une enveloppe et plante son regard fourbe dans le mien. Elle m'informe la lèvre pincée que j'ai eu cinq appels dans la matinée et que décidément j'arrive souvent en retard. *« Pas de chance ma chérie »*, me susurre-t-elle, puis elle referme la porte l'air satisfait.

« Ma chérie... Oui c'est ça espèce de peau de vache ! » Heureusement, une des rares collègues dans la confidence me fait un clin d'œil en me tendant un café réconfortant.

En 6 ans, j'ai donné tellement d'excuses bidon, qu'à force, elle se méfie. Je rigole toute seule dans mon bureau en repensant aux mensonges terribles que j'ai été contrainte d'inventer. Du *« Le métro est en panne, j'aurai 1 heure de retard »*, aux visites en extérieur chez des partenaires fictifs... En passant par *« mon réveil n'a pas sonné »*... J'ai tout tenté ! Même le tour de force d'arriver au bureau à 10 h 30, les bras pleins de trous de piqûres façon toxicomane et m'asseoir sans que personne ne semble remarquer mon retard. Flippant et risqué surtout si on est cardiaque !

C'est quand même fou quand on y pense ! Pourquoi ne nous donne-t-on pas un arrêt de travail pour les matins d'examens ? Une échographie et une prise de sang un matin sur 2 pendant 3 semaines c'est totalement ingérable. Ne me dites pas que les médecins ne le savent pas, si ?

Entre deux prises de vitamines spéciales fertilité, qui a déjà réussi à obtenir un arrêt de travail pendant sa PMA ? À part Céline Dion, entendons-nous... Ou juste un peu de compassion du médecin ? Parce que le mien, pourtant très gentil, me fait bien comprendre qu'il n'en est pas question ! *« Il faut garder une vie normale, Madame ! »* Mouais c'est ça *« normal »*... Il trouve ça *« normal »* de se faire vider de son sang tous les 2 jours lui ?

***

Des lectrices du blog ont écrit :
« Les gynécologues devraient tomber sur ce blog pour qu'ils comprennent un peu ce qu'on endure ! »

« Pour les excuses, j'ai tenté comme toi d'arriver sans rien dire à 10 h, mais ça ne le faisait pas, on m'a vite fait remarquer qu'il y avait des horaires... »

« Comme le chef n'est pas souvent au bureau, je m'organise. Mais mon manège ne peut pas durer bien longtemps. Au pire, j'arrive à 10 h, mon répondeur est saturé de messages du chef qui me cherche. Je lui dis quand je finis par décrocher "C'est toi qui m'a appelée toute la matinée ? J'étais en réunion avec des élèves, désolée". »

« En ce qui concerne les arrêts de travail, j'ai entendu dire que dans certaines PMA les patientes sont arrêtées dès le début du traitement (vous ne rêvez pas, cinq semaines !). Je n'ai pas cette chance... En même temps, je crois que ça fait aussi du bien d'aller bosser pour penser à autre chose. »

« Va justifier un arrêt avec un en-tête Centre de Procréation Médicale Assistée ! »

« Pour les arrêts maladie, moi je fais ma pleureuse (facile avec toutes les hormones qu'on s'injecte) et en général, ça marche ! »

Cauchemar à San Francisco

Je suis confortablement installée dans le fauteuil du salon, et, tandis que les chatons sauvages s'entretuent sur le parquet, je regarde avec délectation un téléfilm dégoulinant d'intrigues amoureuses. J'adore ! En principe, je devrais préparer le poulet pour le repas de famille qui approche, mais je me suis laissée happer par le scénario !

Alors c'est un peu tordu. Samantha a 25 ans et vient de se marier avec Harry. Ils sont beaux et vivent en banlieue de San Francisco, les chanceux. Décidément la vie leur sourit, Harry va devenir médecin et elle ne fait rien d'autre que des cheese-cakes, mais ça semble lui réussir. Oui, mais Samantha n'arrive pas à tomber enceinte. Là forcément, elle a toute ma sympathie et c'est pour ça que je n'ai pas pu décoller du fauteuil.

Elle est rousse et très mignonne, mais c'est vrai qu'elle pleurniche un peu trop. Ça me donne envie de lui filer des baffes ! Mais ça se complique quand Harry, pourtant très gentil avec sa femme, décide de coucher avec Angéla, sa collègue infirmière tout à faire vulgaire. Ils n'ont donc aucun goût en matière de maîtresse tous ces hommes ? Donc pendant quelques semaines, ils fricotent au bureau tous les deux. Pourtant, Harry il l'aime quand même sa petite femme. Enfin c'est ce que semble vouloir nous faire avaler le réalisateur.

Déjà un mois que dure cette liaison. La rouquine est plus naïve qu'une truite, ne voit rien et continue de s'injecter ses doses d'hormone en pleurant pendant que lui tente des trucs libidineux complètement scandaleux avec l'infirmière. Et un jour arrive ce qui devait arriver, Angéla tombe enceinte. Catastrophe.

Pour la faire courte, il hésite drôlement le lâche, mais finit par en parler à sa femme qui fait une crise d'hystérie en apprenant qu'il la quitte, mais surtout qu'il va avoir un enfant d'une autre. Et là elle pleurait trop la Samantha alors j'ai éteint la télé pour reprendre le cours de mon poulet.

Tout en badigeonnant l'animal, je ne peux pas m'empêcher de penser à la pauvre femme bafouée. Je m'identifie drôlement et je me demande comment elle va s'en remettre tandis que j'enfourne la volaille. Je vois Sidi rentrer à la maison le visage penaud pour me dire qu'il me quitte. Forcément mon petit cœur se déchire. Mais si en plus il me sort qu'il va avoir un bébé d'une autre ! Alors que nous n'y sommes pas parvenus pendant six ans. Après tous ces protocoles. Alors là je le trucide le Sidi. À mort le coquelet !

L'histoire peut aussi s'inverser… J'imagine la tête de mon chéri si je rentre à la maison en lui disant que je suis enceinte d'un autre. Pas certaine qu'il le digère très bien son poulet le coco.

C'est qu'il y a derrière cette histoire d'infidélité, des vraies questions qu'on se pose toutes (enfin je pense). Serais-je infertile aussi avec un autre homme ? Mon chéri parviendrait-il à mettre une autre enceinte ? Je me suis toujours dit que le tout était de dédramatiser les choses. Cet enfant nous le voulons ensemble. C'est notre combat de couple. Et tant qu'on s'aime assez fort, on le mènera à deux.

C'est à peu près à ce moment de ma rêverie que ma moitié rentre dans la cuisine. Il a senti la bonne odeur et me demande à quelle heure on mange. Je l'ai un peu mauvaise en le regardant ouvrir la porte du four et je pense à la pauvre Samantha. Elle n'avait rien vu venir. Il avait l'air si gentil Harry. Un peu comme Sidi. On lui donnerait le Bon Dieu sans confession alors que si ça se trouve, il repeuple la planète avec toutes les pimbêches de son bureau.

Je dois le regarder de travers parce qu'il s'affole le loupiot et m'enlace en me demandant ce qui m'arrive. Je me laisse embrasser et je finis par oublier Samantha qui, de toute façon, était trop pleur-nicheuse pour être honnête !

Ah ils sont forts ces garçons !

***

Des lectrices du blog ont écrit :
« Plaisante pas c'est un peu mon cauchemar... S'il me fait ça... Mais je le bute le chéri ! »

« J'ai rencontré une minette à laquelle il est arrivé un truc hallu-cinant. Lors d'une FIV, ils lui ont transféré l'embryon d'un autre couple. Ils s'en sont aperçus dans la journée et elle a dû prendre la pilule du lendemain ! Depuis, elle a bien sûr changé de centre et a eu un petit mec trop mignon. Ouf, l'histoire finit bien. »

« C'est une légende urbaine pour tenter de dissuader les couples d'encombrer les PMA ou c'est vrai, tu crois ? »

On est plus fort à deux...

Premier rendez-vous. Mardi 9 h, hôpital Bichat. Une grande femme brune en blouse blanche me tend la main. Elle est souriante. En m'asseyant sur la chaise devant son bureau, je serre le ventre pour paraître plus mince. C'est idiot puisque c'est la première fois qu'elle me voit. Notre nouvelle gynécologue, le docteur F., est aimable et efficace. Elle regarde le dossier avec empressement. Me demande mon poids comme un détail et note ma réponse sur son ordinateur sans faire de commentaire. J'ai perdu 4 kilos (enfin 3 kilos et demi, mais ça fait 4 sur la balance quand j'arrête de respirer). Elle enchaine en m'informant que si la date me convient, la seconde FIV est programmée pour début 2012. Si ça me convient ? Bien sûr ! En sortant du petit bureau à la peinture défraîchie, je sautille de joie. Même mon chéri semble rassuré. Les premières piqûres sont prévues pour fin décembre. Je vais devoir me piquer, telle une toxicomane, le soir de Noël et du Nouvel An. La joie de la PMA ! Mais même ce petit inconvénient n'entame pas ma bonne humeur. Cette fois-ci, je sens que ça va marcher !

Second rendez-vous de la journée. Maison des adoptions, 14 h. Un petit auditorium sombre compte une trentaine de personnes. Installés sur des sièges en plastique bleu, nous écoutons une dame en tailleur strict présenter la procédure d'adoption. Elle est sévère, mais maîtrise son sujet.

La première étape est l'agrément. Un dossier à remplir, des visites médicales (alors là si on me demande de maigrir, je mords !), une étude de nos ressources (aïe !), 3 visites chez le psychologue et le même nombre de rencontres avec l'assistante sociale. Il faudra bien sûr nous marier. Au bout d'une année, environ, le dossier passera devant une commission. 85% de taux de réussite. On a de bonnes chances.

Une fois l'agrément en poche, nous avons 2 options pour trouver un enfant à adopter (sachant que le voler dans un supermarché ne semble pas être légal).

- 1ère option : adopter en France un pupille de l'État (pauvre chou-chou c'est quoi ce nom horrible qu'on t'a donné ?). Moyenne d'attente 5 ans. Presque aucune chance d'avoir un bébé. Pour 2000 demandes de bébés dans le 93 en 2010, il y avait 25 bébés à adopter... De plus, les bébés sont confiés en priorité à des couples de moins de 35 ans. Je regarde mon chéri du coin de l'œil. Il est dans le même état que moi : désabusé ! Nous avons 32 ans. Si nous déposons la demande d'agrément en 2012, on peut espérer avoir notre petit crabe pour nos 38 ans... Et pas un bébé gluant et fraichement pondu. Pas un qui aura encore les yeux clos et un joli duvet pour rappeler mes origines portugaises. Non pour nous, ce sera un petit vieux. Je suis tellement le Pierre Richard de la fertilité, que j'ai déjà peur de me voir proposer un enfant de 9 ans alcoolique et borgne. *« Mesdames et messieurs n'oubliez pas : il faut adapter votre projet à la réalité de l'adoption »*, nous répète pour la 10e fois notre maître de conférence. Oui c'est bon, on n'oublie pas !

- 2ᵉ option : adopter à l'étranger. Alors là, c'est un peu le parcours du combattant. Mais le combat, ça nous connait. Même pas peur. Enfin si très peur, mais ne surtout pas le montrer à l'assistante sociale en charge du dossier ! La procédure doit se passer par l'intermédiaire d'un organisme privé - OAA (par exemple médecins du monde) ou par l'intermédiaire d'un organisme public, l'agence française de l'adoption - AFA. Dans les 2 cas, il y a beaucoup d'attente. Minimum 4 ans. Les procédures sont coûteuses (compter 15 000 euros avec les billets d'avion et tout le toutim) et compliquées (il faut prendre un avocat sur place, demander un visa, obtenir des jugements, de nouveau rencontrer des psychiatres dans le pays choisi...). Et toujours presque aucune chance d'avoir un bébé. On adopte plus facilement un petit de 3 ans.

« Mesdames et messieurs, tout s'est compliqué avec la convention de La Haye »... Apparemment, il a existé une époque où il suffisait de se rendre directement dans le pays de son choix pour contacter une pouponnière et partir avec un bébé sous le bras. Bien sûr, j'exagère un peu, mais l'idée est là. Les démarches étaient individuelles. À l'époque, pas besoin de passer par l'OAA ou l'AFA. Mais ça, c'était avant. Maintenant, il y a des règles.

Que je suis nostalgique du bon vieux temps ! Aujourd'hui, l'adoption à l'international est fermée dans beaucoup de pays. Objectif : protéger les pays pauvres du pillage. Mince alors ! On n'a vraiment pas de chance ! Si je comprends l'intérêt des réglementations, il n'en reste pas moins que tout s'est compliqué pour les parents adoptants !

En sortant de l'auditorium, nous ne disons rien. Silence. Un peu plus tard, assis l'un en face de l'autre à la terrasse ensoleillée d'un café, nous touillons nos boissons brûlantes sans parler. On entend les pigeons cancéreux picorer les miettes de pain tombées entre les tables. Le vent souffle à travers les rayons du soleil. L'hiver approche.

Au bout de 3 minutes, Sidi prend la parole. *« Si rien d'autre n'a marché d'ici là, on sera bien content de l'avoir, dans 5 ans, cet enfant adopté. Un petit de 3 ans, c'est bien aussi. On aura quoi ? 38 ans ? Ce n'est pas si vieux ! Déposons la demande d'agrément et allons-y par étape. Et puis on est plus fort à deux. »*

En parlant, mon amoureux s'est renversé du café sur la chemise et un filet de liquide noir coule encore le long de son menton. Peut-être est-ce à cause de toute cette maladresse, ou parce qu'il vient de dire l'exact reflet de ma pensée, mais à cet instant, assise à la terrasse déserte d'un café parisien, je me trouve incroyablement chanceuse d'avoir rencontré mon chéri...

***

Des lectrices du blog ont écrit :
« À 39 ans, je suis maman d'un pupille de l'État de deux mois et demi... L'échec, c'est quand on abandonne. »

« Même si vous ne vous y projetez pas vraiment pour l'instant, avoir ce "plan B" en parallèle de la PMA est une super roue de secours ! »

« C'est vrai que les pigeons ont l'air malade ! Pourquoi aiment-ils l'air pollué des grandes villes ? »

« Des piqûres le soir de Noël, quelle chance ! Je me revois, moi aussi, dans un parking en train de me piquer avec mon Purégon. Il y a aussi eu les toilettes d'un mariage ou, et c'était le pire, les sanitaires du train. Terrible ! »

« Même si l'adoption est compliquée, tout est possible. Nous avons obtenu l'agrément il y a 2 ans puis il a été rangé dans un tiroir. Pas la force d'aller plus loin. En début d'année, ma 3ᵉ FIV a fonctionné et me voilà maman d'un petit garçon en bonne santé. Même si j'ai un enfant, je reste touchée par vos combats à toutes. La PMA laisse des traces. J'ai attendu presque 10 ans avant d'être maman. Je regarde mon petit garçon et je sais que ça vaut tous les combats. »

De nouvelles aventures

Ce qui peut rendre fou quand on est infertile, ce sont les protocoles qui se suivent, année après année. On ne sait jamais vraiment quand l'aventure prendra fin. Certains couples abandonnent. Par fatigue ou lassitude. Certains choisissent d'autres voies comme l'adoption. D'autres attendent un don de sperme ou d'ovocyte. Parfois, j'en croise sur les forums qui racontent leur prochain départ pour la Grèce à la recherche d'une mère porteuse. Les alternatives ne manquent pas, mais rien n'est jamais certain d'aboutir.

C'est ça, je pense, le plus dur... Cette incertitude.

Pour nous aussi les voies s'ouvrent pour continuer à construire l'avenir de notre famille.

Abandonner ? J'y ai souvent pensé. Je m'imagine la décision prise, apaisée et déchargée d'un poids. Plus d'examen ni d'hormone ou de folle au tube pour m'anesthésier. Je pourrais me concentrer sur d'autres projets que celui de la maternité. Trouver un sens ailleurs. Préparer une grande carrière ? Vivre à l'étranger avec mon chéri ? Jardiner ? Peindre ? Que sais-je encore ? Mais finalement, la décision n'a jamais été prise. Jamais je n'ai pu me résoudre à abandonner ce combat. L'envie est trop forte. Bien plus forte que la raison. En tout cas pour le moment.

Partir choisir une mère porteuse ? La gestation pour autrui... Vaste sujet. Le droit d'un enfant à connaître la femme qui l'a porté pendant 9 mois ? La question du tourisme procréatif et de la commercialisation du corps... Tant de polémiques.

Nous n'avons jamais pensé avec sérieux à la location d'un ventre. Cette pratique soulève trop de questions. Se servir du corps d'une autre qui va, contre indemnité, porter notre enfant. C'est un choix que nous n'envisageons pas. Je comprends et partage la douleur des couples infertiles. Mais je ne comprends pas celui de devenir mère porteuse. La nécessité financière ? Si c'est l'unique motivation de ces femmes, je trouve alors extrêmement délicat de participer à la marchandisation d'un corps. Jamais je ne juge les parents qui choisissent cette solution. Mais je m'interroge. Et toutes les voies de mes réflexions me mènent à la conclusion que ça n'est pas la solution pour notre couple et notre désir d'enfant.

Notre aventure continue donc dans deux directions. La seconde FIV programmée début 2012. Puis la procédure d'adoption que nous allons commencer. Toutes ces voies qui s'ouvrent devant nous sont autant de batailles qui s'annoncent. Mais c'est également de l'espoir. Et on y croit à fond !

En route pour de nouvelles aventures à suivre sur le blog rose bonbon et un jour prochain, j'en suis certaine, les aventures de Patate 1, Patate 2 et d'un joli bébé !

Épilogue

Quand j'ai commencé à écrire, en juillet, je n'étais pas bien fraîche. J'avais les yeux gonflés et rouges suite au résultat de mon dernier TEC qui était encore un échec. Plus aucun esquimau au congélateur, il allait falloir en repasser par la folle à l'intubation... D'avoir commencé à raconter mon histoire, de lire les commentaires des lectrices, de voir que nous partagions toutes les mêmes questionnements, les mêmes doutes, les mêmes folies (j'ai en mémoire quelques chats-vaches, chien-chien à sa maman...) je me suis sentie apaisée. Entre tous nos rires, nécessaires, pendant ce parcours d'infertilité, j'ai parfois perçu des cœurs un peu cabossés. Les armures endossées pour supporter les aléas de la vie ne sont pas toujours assez fortes pour tout masquer. Mais j'ai aussi (et surtout) découvert que nous étions solides et bagarreuses. Je crois beaucoup en nos chances. On ne réussira sans doute pas toutes à devenir des mamans biologiques. On ne peut pas tout maîtriser, ni tout réussir. Mais beaucoup connaitront ce bonheur. Et, le moment venu, d'autres voies s'ouvriront à celles qui n'ont pas pu remporter la première bataille. D'autres combats que nous gagnerons... Nous garderons le poing levé !

Un jour, nous serons toutes des mamans heureuses !

Un merci tout rose à mon Sidi.

Merci à maman pour le temps passé à traquer les coquilles.

Plein de mercis à Chrystelle, Mélanie et Grégory, mes amis de toujours pour leur écoute et leur patience quand, aux terrasses des cafés, je raconte inlassablement mon attente de bébé...

Merci à Sandrine et Mathieu, nos compagnons de foire aux vins, à Émilie pour nos thérapies du mardi soir, et une pensée pour Marilou, Aurèle et Anaïs qui découvrent à peine ce monde.

Un immense merci à Magmiss, Canelle, Kami, Bikou, Pitchette, Marie de la Réunion, Polinetlorent, Satine, Palomina, Deb, Manoulili, Elo, Alex, K1000, Sarounette, Lilitte, Elo19, Caroline, Elcie, Myriam, Aurelie80, Ad69, Cindy, Berangère, Audrey, Liloly, Sourire d'avril, Nathalie, Damecigogne, Sushira, Shugga, Mela, Victoire, Manon, Caroline, Loli la pmette, Titechoukkette, So, Sabrinou, Timora, Jujus00, Jaimepaslessorcieres, Celinedeparis... et toutes les lectrices de la première heure qui ont fait vivre notre petite communauté d'infertiles. Vous avez illuminé de vos commentaires le blog rose bonbon et le livre. Que jamais nous ne perdions notre force de combattre...

Et enfin un grand « trugarez » à la maison d'édition Coëtquen pour sa confiance.

Le blog de Marie :
http://infertilite-eprouvettes-et-compagnie.blogspot.com/

Printed in Great Britain
by Amazon

23008543R00129